書下ろし

情《なさけ》八幡

深川鞘番所⑩

吉田雄亮

祥伝社文庫

目次

深川繪圖

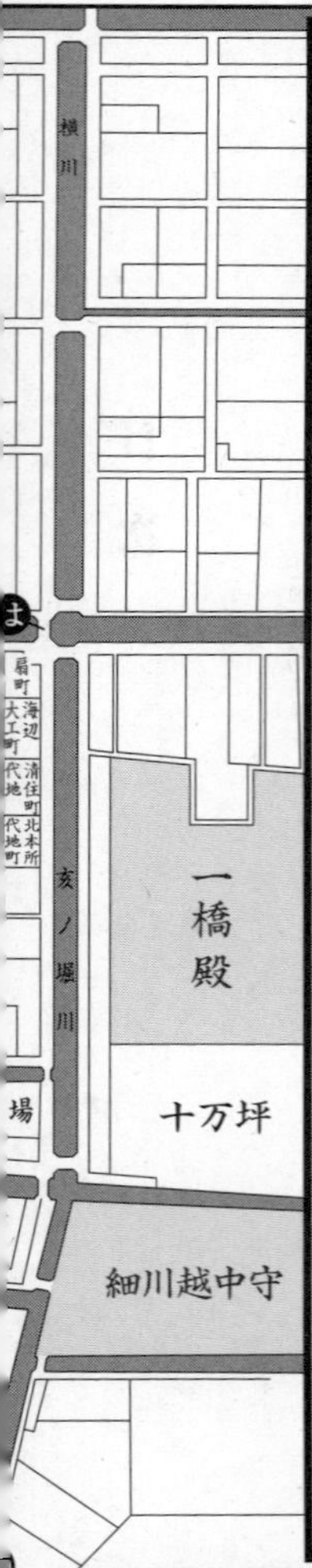

㈠ 深川大番屋（鞘番所）
㈡ 靈巖寺
㈢ 法苑山 浄心寺
㈣ 外記殿堀（外記堀）
㈤ 三櫓
㈥ 摩利支天横丁
㈦ 馬場通
㈧ 大栄山金剛神院 永代寺
㈨ 富岡八幡宮
㈩ 土橋
⑪ 三十三間堂
⑫ 洲崎弁天

い 万年橋
ろ 高橋
は 新高橋
に 上ノ橋
ほ 海辺橋（正覚寺橋）
へ 亀久橋
と 要橋
ち 青海橋
り 永代橋
ぬ 蓬莱橋

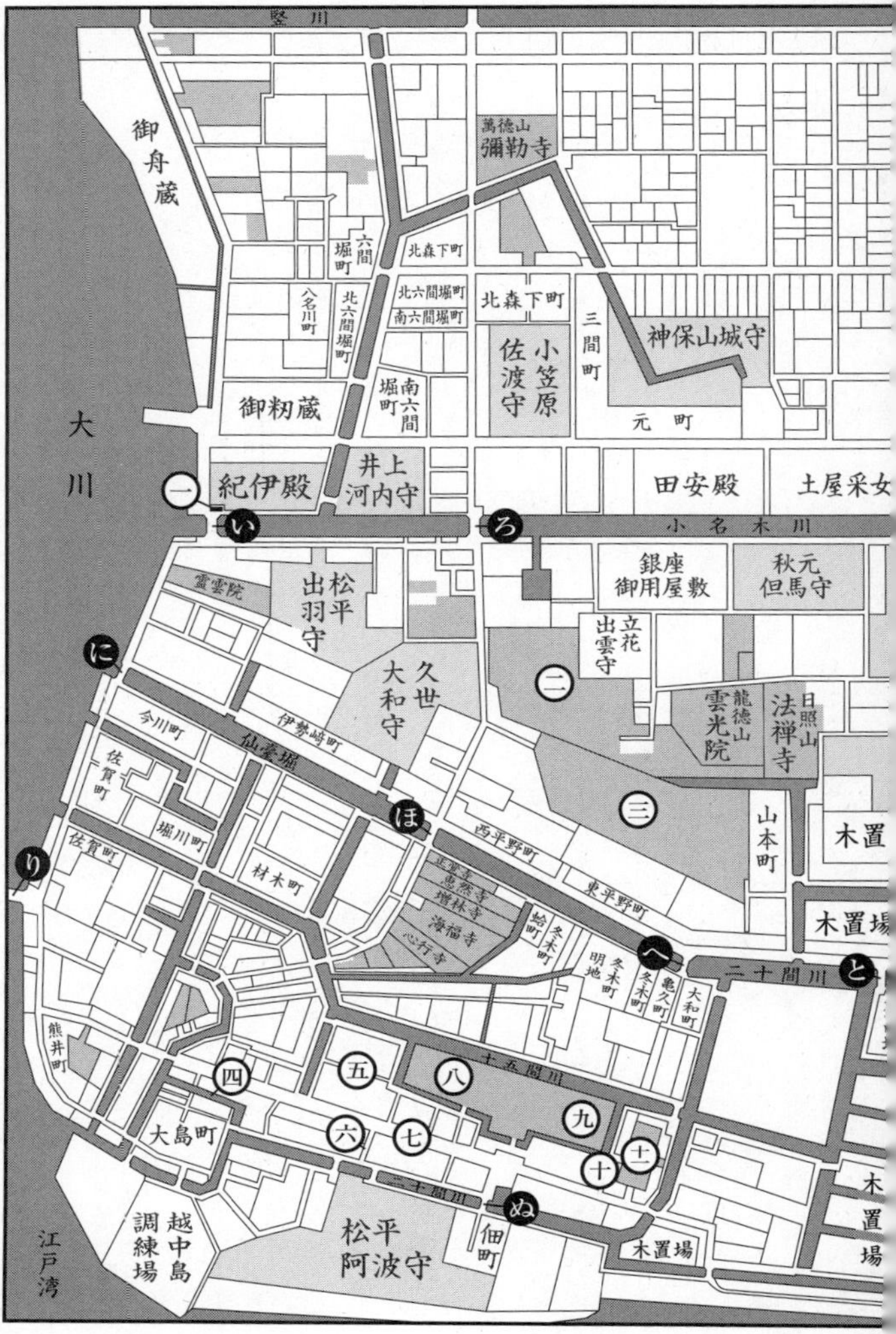
竪川
御舟蔵
萬徳山
彌勒寺
六間堀町
北森下町
八名川町
北六間堀町
北六間堀町
南六間堀町
北森下町
三間町
小笠原佐渡守
神保山城守
御籾蔵
南六間堀町
元町
大川
紀伊殿
井上河内守
田安殿
土屋采女
一
い
ろ
小名木川
霊雲院
松平出羽守
銀座御用屋敷
秋元但馬守
立花出雲守
に
久世大和守
二
龍徳山雲光院
日照山法禅寺
今川町
伊勢崎町
仙台堀
佐賀町
三
ほ
山本町
木置
堀川町
西平野町
佐賀町
り
材木町
恵然寺
増林寺
海福寺
心行寺
東平野町
木置場
蛤町
冬木町
明地
冬木町
冬木町
亀久町
大和町
へ
二十間川
と
熊井町
十五間川
四
五
八
九
大島町
六
七
十
十一
二十間川
ぬ
越中島調練場
松平阿波守
佃町
木置場
木置場
江戸湾

本文地図作製　上野匠（三潮社）

一章　刀光剣影《とうこうけんえい》

一

「泊まっていきなよ」

「そうはいかねえ。明日は早いんだ。刻限どおり普請場《ふしんば》に着かねえと棟梁《とうりょう》にどやされる。二、三発ぶん殴られるかもしれねえ」

「怖い棟梁なんだね。でもさ」

寝具《ねぐ》にならんで横たわっていた遊女が、寝返りをうつようにして男の胸に顔をうずめた。

唇を乳首にあて強く吸った。

「よせやい。くすぐったいぜ」

躰《からだ》を震わせた男が剝《む》き出しの女の肩に腕をまわし、押さえ込む。

「手を離しておくれよ。苦しいじゃないか」

身をねじって女が男の腕から逃れた。

「どれ帰るか」

「しつこいようだけど泊まっていきなよ。このところ深川《ふかがわ》じゃ辻斬りが出てるんだ。三人ほど斬られたって噂だよ」

「ほんとうかい。ちっともしらなかったぜ」

「そろそろ四つ（午後十時）。辻斬りが出てもおかしくない刻限だよ」

「辻斬りに出くわすとはかぎらねえぜ。どれ」

躰をくるりと回して、男が上掛けを巻きつけた。

「何するのさ。何ひとつ身につけてないんだよ、恥ずかしいじゃないか」

身をくねらせ両の乳房を掌で隠した女が、寝具の上で躰を丸めて縮《ちぢ》こまった。

振り向きもせず男が窓辺ににじり寄った。

窓障子を細めに開ける。

「二十間川《にじっけんがわ》にかかる蓬萊橋《ほうらいばし》の向こうに見える櫓下《やぐらした》の明かりがめっきり少なくなったぜ。一刻（二時間）前とは大違いだ」

つぶやいた男のことばに嘘はなかった。重く垂れ籠《たこ》めた黒雲が、いまにも火の見櫓の先端にたどりつきそうにみえる。

いつもならまぶしいほどに点《とも》っている火の見櫓の下、表櫓、裏櫓の一帯に建ちならぶ茶屋の明かりが、ちらほらと数えるほどになっていた。

「辻斬りに出くわして斬られるより、棟梁に二、三発、殴られるほうがよさそうだな」

「そうだよ。命あっての物種《ものだね》だというよ」

「そうと決まれば、やることはひとつ。たっぷりと可愛がってやるぜ」

窓障子を閉めた男が上掛けごと勢いよく畳の上を転がって、女に抱きついた。

「せっかちだねえ。深川七場所のひとつ、あひるの遊女屋で磨きあげたあたいの床技で、腰が抜けるまで楽しませてあげるよ」

覆いかぶさった女が男の唇に唇を押し当てた。

大島《おおじま》川沿いの浜《はま》通りには往来する人の姿はなかった。

無理もない。

すでに四つはまわっている。

四日前に辻斬りが出て、浜通りの暗がりで、チョンの間の遊びを楽しんできたとみえる職人を斬り殺した。職人は住まいに帰るべく永代《えいたい》橋に向かっていたようにおもえた。さらに二日後、油堀《あぶらぼり》沿いの道に辻斬りが現れ、ふたりめが斬られている。

ふたりめが殺された夜の翌日、深川大番屋支配、大滝錬蔵《おおたきれんぞう》は、深川に点在する岡場所の料理茶屋や遊女屋などの妓楼《ぎろう》に、

〈辻斬りが出没している。夜四つをすぎたら客は、すべて泊まらせ、外へ出さぬよう手配りされたし〉

と記した触書をまわした。

が、触書の効もなく、その翌日の深更《しんこう》、上ノ橋を渡り新大橋へ向かう大川端の通りで小商人風の町人が殺された。

再度、配下の同心たちに、同様の文面の触書を茶屋や遊女屋にまわすよう指図した錬蔵は、昼の見廻りを同心の松倉孫兵衛《まつくらまごべえ》と八木周助《やぎしゅうすけ》にまかせ、同じく同心の溝口半四郎《みぞぐちはんしろう》と小幡欣作《おばたきんさく》、錬蔵の手先をつとめる前原伝吉《まえはらでんきち》、安次郎《やすじろう》に辻斬りを警戒すべく夜の見廻りを命じた。

三人めが辻斬りに斬り殺されて、四日が過ぎ去っている。それまで一晩おきに出没していた辻斬りは、二度にわたってまわした触書が見世の仕切りを徹底させ、四つ過ぎに客を帰さなくなったせいか、表立って現れることはなかった。

が、この後、辻斬りが出没しないとはいいきれない。錬蔵は溝口や安次郎たちとと

もに、さらに警戒を深めるべく見廻りをつづけていた。

いま、錬蔵は浜通りを見廻っている。錬蔵の出で立ちは編笠をかぶり小袖を着流した忍びの姿であった。

大島川沿いの道をゆく錬蔵の足が止まった。

突然……。

前方の町家の陰から鈍い光が錬蔵に向かって迫った。

身を翻《ひるがえ》した錬蔵は、大刀の鯉口《こいぐち》を切りながら川岸に立つ。

突きを入れた勢いを御しきれず強盗頭巾がたたらを踏んだ。その背後にいたふたりの強盗頭巾も、すでに大刀を抜きはなっている。

柄に錬蔵が手をかけた。辻斬りは三人、自分から仕掛けるより敵が斬りかかってくるのを待つ、と決めている。

大島川を背にして動かない錬蔵に焦《じ》れたのか、左手にいた強盗頭巾が袈裟《けさ》懸《が》けに斬りかかる。錬蔵が大刀を抜く前に仕留めるとの必殺の気迫を込めた強盗頭巾の動きだった。

ふたりの躰が交錯する。

その瞬間、錬蔵の腰から一条の光が迸《ほとばし》った。大きく呻《うめ》いた強盗頭巾が大刀の重みに耐えかねたかのように前のめりに数歩よろけて足を踏み外し、大島川に落ちていった。

響いた水音に呼応するかのように、

「おのれ、死ね」

わめきながら、右手にいた身の丈六尺ほどの痩身の強盗頭巾が、斜め上段から斬りかかる。

下段から振り上げた錬蔵の大刀が痩身の強盗頭巾の刀をしかと受け止めた。

そのまま、力比べとなった。

それも、一瞬のこと……。

ぶつけあった刀身を、敵の刃に沿って滑らせた錬蔵は、そのまま横に飛びながら大刀を強く打ち振っていた。

左脇腹から右胸へと斬り裂かれた痩身の強盗頭巾が、腹から血を溢《あふ》れさせながら崩れ落ちた。

「噂どおりの腕だな、大滝錬蔵。久しぶりに勝負を楽しめる」

斬りかかる気配もみせず勝負の成り行きを見つめていた三人めの強盗頭巾が、右下段に刀を置いた。切っ先を下に向けて、ただ刀を持っているだけの、無防備ともみえる形だった。

「大滝錬蔵と承知の上での待ち伏せか。誰に頼まれた」

正眼《せいがん》に構えて錬蔵が問うた。

「野暮《やぼ》なことを訊《き》くな。おれの商いは人斬りだ。頼み主の名は口が裂けてもいえぬ。商いには信用が第一だ」

「なるほど、商売熱心なことだ。人斬り稼業には惜《お》しい腕とみた。構えでわかる。誘いにはのらぬぞ」

「見破られたか。たいがいの奴は、この手に引っ掛かって斬り込んでくる。殺しは手早くすませるにかぎる。長い勝負は人目につくからな」

「人目につけば顔を見られ、後々、厄介《やっかい》なことになりがちだ。稼業柄、身につけた知恵というやつか」

「おぬしとは、長い勝負になりそうだ。仕事は早くすませたいが、勝ちを焦れば、おれがやられる」

太い眉《まゆ》、吊り上がった切れ長の細い眼をさらに細めて、強盗頭巾が大刀を正眼に構えなおした。

背丈は錬蔵と同じくらいだろう。三人めの強盗頭巾の、がっしりした鍛《きた》え上げた体《たい》躯《く》から発せられる殺気には、凄《すさ》まじいまでの威圧が籠められていた。

この威圧に耐えられる者は、何人もいまい。錬蔵は、おもわず胸中でつぶやいていた。


ふたりは睨《にら》み合ったまま動かない。

いや、動けなかったというべきだろう。

先に動いたほうが負けるとたがいにさとっていたふたりだった。

火の見櫓を浮かび上がらせていた明かりが少なくなったのか、闇空のなかに櫓の頂《いただき》が吸い込まれたかのように見える。

九つ（午前零時）近くなると、江戸随一の岡場所と評判をとる深川でも、茶屋などの見世見世が相次いで明かりを落としはじめる。

正眼に構えて対峙《たいじ》する錬蔵と強盗頭巾の周囲も、さらに黒みを増していた。

近づいてくる足音が聞こえる。錯覚といわれれば、そんな気もする、わずかな物音だった。

が、錬蔵と強盗頭巾の耳は、その音を、しかと聞き取っていた。

近寄ってくる者を巻き添えにはできぬ、との錬蔵のおもいと、顔を見られては何かと面倒なことになる、との強盗頭巾の苛立ちが、ふたりを動かした。

たがいに間合いを詰めたふたりは、二太刀、三太刀と激しく刃をぶつけ、袈裟懸けに刀を振りあって、数歩、飛び下がった。

剣戟《けんげき》の音を聞きつけたか、駆け寄ってくる足音がした。

刃を交えている修羅場へ向かってくるからには、よほど腕に覚えのある者なのだろう。

その足音が次第に大きくなってくる。

じっと錬蔵を見据えたまま、強盗頭巾が告げた。

「邪魔が入った。おぬしとは、ふたりだけで勝負がしたい。今夜は、これまでだ」

刀を下段に置いたまま強盗頭巾が後退っていく。

右下段に大刀を構えたまま、錬蔵は動こうとはしなかった。

油断なく強盗頭巾を見据えている。

闇のなかに強盗頭巾の姿が失せたのと足音の主が駆け寄るのが、ほとんど同時だった。

振り向こうとはせず、眼だけ走らせた錬蔵が声をかけた。

「安次郎か」

近寄ってきた安次郎が驚きの声を上げた。

「旦那、小袖の胸元が切り裂かれてますぜ」

顔を胸元に寄せて、ことばを重ねた。

「血が染み出てますよ」

傷口をじっとみつめて呻くように、つづけた。

「もう一寸、深かったら、心ノ臓まで切っ先が届いてましたぜ。油断したんじゃねえんですか」

「凄まじいまでの太刀筋。迅速極まる動きに間合いの見切りをあやまった」

おもわず息を呑《の》んで、安次郎がつぶやいた。

「太刀捌《さば》きが旦那より素早い奴がいるなんて、信じられねえ」

「世の中、広いものだな、あれほどの使い手にめぐりあうとは」

「気をつけてくださいよ、旦那」

見つめた安次郎の顔が曇っている。

微笑《ほほえ》んで見やった錬蔵が、

「引き上げるか。斬り捨てた浪人の骸《むくろ》の始末は、帰り道にある自身番の店番に頼むことにしよう」

告げるなり錬蔵が歩きだした。安次郎がつづいた。

二

出没する辻斬りに備えて夜廻りを始めた日の翌朝から一件が落着するまで、深川大番屋の錬蔵の用部屋で、前日の探索の結果を報告し合う場を持つと定めてあった。

上座にある錬蔵と向かい合って松倉、溝口、八木、小幡ら同心たちが、その斜め脇に前原、戸襖《とぶすま》の前に安次郎が控えている。

「辻斬りのひとりと斬り合って胸元を斬られた。幸い浅手ですんだが、敵がもう一足踏み込んでいたら切っ先が心ノ臓に達していただろう。恐るべき使い手だった」

一同を見渡して告げた錬蔵のことばに、松倉ら同心たちが息を呑んで顔を見合わせた。

「向後、溝口と小幡、前原と安次郎は、ふたり一組となって夜廻りに出てくれ。昼の見廻りは、いままでどおりの段取りで務めてくれ」

ことばを重ねた錬蔵に溝口が一膝《ひとひざ》すすめて問いかけた。

「御支配は夜廻りをひとりでつづけられるつもりですか」

「そうだ」

「それは、あまりに不用心というもの。せめて松倉さんか、八木を一日おきに同行されてはいかがですか」

ふたりに溝口が目を向けた。

その目線を避けるように八木がうつむいた。松倉が、困惑を露《あら》わに声を上げた。

「昼にふたり分の持ち場を歩きまわっている。夜、早めに引き上げることができればありがたいのだが。そうでもしないと、とても躰がもたぬ」

苛立たしさをむきだしに舌を鳴らした溝口が八木に顔を向けた。

「八木、おまえも松倉さんと同じか」

「まあ、そうだ。そういうことだ」

上目づかいに溝口を見やって八木が、ぼそぼそと応《こた》えた。

横から小幡が口をはさんだ。

「溝口さん、われら同心四人で昼夜の見廻りの順番を決めてはどうですか。誰かひとりが昼夜、休みなく務めるのです。四日に一日、昼夜見廻りの日がまわってくることになる。どうでしょうか」

「それは、できぬ話だ」

にべもない溝口の返答に小幡が食い下がった。

「なぜ、できぬと言い切れるのですか。何とかなるのでは」

「小幡の案だと、松倉さんと八木だけで夜廻りをする日が出てくる。御支配に一太刀浴びせた辻斬りと松倉さんと八木が出くわし、斬り合うことがないとはいいきれぬ。こういったら何だが、そうなったら万が一にも松倉さんたちに勝ち目はない。斬り死にすることになる」

「それは、しかし」

ちらり、と小幡が松倉と八木に目線を走らせた。

肩をすぼめた松倉と八木が顔をそむけた。

物言いたげに口を開きかけた小幡を遮《さえぎ》るように、錬蔵が声をかけた。

「溝口や小幡が気遣いしてくれるのはありがたいが、おれは、ひとりでの見廻りを楽しんでいるところもあるのだ」

「楽しみに？　それはどういう意味なのですか」

訊いてきた小幡に、

「剣の修行を積んできたおれにしてみれば、久しぶりに出会った強敵、今一度、立ち合ってみたいとのおもいもあるのだ。相手の動きが迅速極まりないことだけはわかっている。次の勝負では、むざむざ後れをとることはあるまいよ」

不敵な笑みを錬蔵が浮かべた。

暮六つ（午後六時）の時の鐘が鳴り響いている。

夜廻りに備えてとった仮眠から目覚めた錬蔵たちは、同心詰所に集まり、小者たちが支度してくれた夕餉の膳に向かっていた。

食した後、小半刻（三十分）ほど休んで、それぞれに割り振った一帯に出かけることになっている。

隠密の務めだった。それぞれが小袖を着流した出で立ちで見廻ることにしていた。

食べ終えた者たちから、それぞれの長屋へもどって気儘《きまま》に時を過ごし、ばらばらに出かけることになっている。

長屋に、ふたりの子とお俊《しゅん》のいる前原は、安次郎とともに錬蔵の長屋に引き上げていった。

あえて錬蔵は用部屋に向かった。上役である錬蔵が一緒だと、前原も安次郎も、つまらぬ気遣いをするだろう、とおもんぱかってのことだった。

用部屋で横になった錬蔵は肘枕《ひじまくら》をして眼を閉じた。

昨夜、刃を交えた辻斬りとの一太刀、一太刀を脳裏に思い浮かべている。足捌き、躰の捻り具合、革の鞭《むち》をおもわせる、しなるような腕の動き。それらのひとつひとつが、錬蔵が今まで斬り合った相手より勝れているような気がする。

ふう、と錬蔵は大きく息を吐き出した。

（勝てるか、あ奴に）

胸中でおのれに問いかけていた。

たがいに五分の業前《わざまえ》、と錬蔵はみている。

繰り返し思案しても、必殺の技はおもいつかなかった。

勝負は時の運、成り行きにまかせるしかあるまい。そう腹をくくって錬蔵は考えることをやめた。

半刻（一時間）後、錬蔵は浜通りにいた。ゆったりとした足取りで歩いていく。小袖を着流し編笠をかぶった、いつもどおりの忍びの姿だった。

遊客がそぞろ歩いている。すでに酒が入っているのか、赤い顔をした男たちが何人もいた。行きかうたびに錬蔵は眼の端で、不審な動きをする者を追い求めた。

辻斬りらしき輩《やから》は見当たらなかった。深更にならないと現れないのかもしれない。

出没するまで、ただひたすら待つしかあるまい。胸中でそうつぶやいた錬蔵は、のんびりとした足取りですすんでいった。

深川大番屋の面々が夜廻りを始めた頃、浅草花川戸町《あさくさはなかわどちょう》の大川沿いの河岸《かし》道に面した料理茶屋の一室では、ふたりの男が飯台をはさんで向かい合っていた。

ひとりは、羽織をまとい、値の張りそうな小袖を身につけた、固肥り、でっぷりとした五十がらみの、大店《おおだな》の主人とみえる赤ら顔の男であり、ひとりは羽織に袴姿、四十そこそこの武士であった。額《ひたい》を広く、生え際を見せないように小鬢《こびん》まで剃り上げた髪、毛先を散らさず広げた細刷毛小銀杏《こいちょう》の短い髷、ひっつめずに出した武士とも町人ともつかぬ形の髱《たぼ》、いわゆる八丁堀《はっちょうぼり》風の髪型からみて、武士は町奉行所の与力とおもえた。

飲み干した杯を肴《さかな》がならべられた飯台の上に置き、武士がつぶやいた。

「そうか。やはり、しくじったか」

独《ひと》り言のような武士のことばだった。

「やはり、といわれるところをみると、岡部《おかべ》さんには襲撃の結果は、端《はな》からわかっておられたようですな」

「深川大番屋支配の大滝錬蔵とは、北町奉行所の与力詰所で席をならべていたおれだ。大滝錬蔵の剣の腕前が並大抵のものではないことは、奉行所内での稽古で立ち合って、厭《いや》というほどおもいしらされている。おれも一応、一刀流《いっとう》の免許皆伝だが、同じ皆伝でも鉄心夢想流《てっしんむそう》と一刀流とでは印可《いんか》の基が違うようだ。奴は強い。太刀捌きが迅速極まる。あの速さについていくのは一苦労だ」

「ひとりもどってきた刺客《しかく》が、滅多にみかけぬ使い手、と驚嘆していたと刺客屋の頭がいっていました。大滝錬蔵の腕のほどは、岡部さんから聞いておりましたが、正直いって、これほどの業前とはおもってもおりませんでした。辻斬りにみせかけて深川へ差し向けた刺客たちは、用心棒や荒事など頼まれれば何でもする町道場の無頼剣客たちのなかから選りすぐった連中。働いてもらうには、かなり値が張る連中でしたが、いとも簡単に斬り倒されたようで」

「大滝は北町奉行所きっての剣の名手。そうむざむざとは斬られることはあるまいと見立てたのは的外れではなかったようだな」

「こうなれば、新たな手立てを考えつかねばなりませぬな。深川の岡場所に怪動《けいどう》を仕掛け、芸者や遊女たちを根こそぎ捕らえて、吉原《よしわら》に下げ渡してもらおうという企み、そう簡単にあきらめるわけにはいきませぬ。ここはひとつ、北町奉行所の与力随一の知恵者といわれる岡部吟二郎《ぎんじろう》さんに、策のひとつもひねり出してもらいたいものですな」

苦笑いした岡部が、

「策というより悪知恵といったほうがわかりやすくていいのではないか、扇屋《おうぎや》。もっとも悪知恵にかけてはおれより吉原の惣名主、扇屋五左衛門《ござえもん》のほうが、はるかに上だとおもうがな」

「いやいや、いかに私の悪知恵など、岡部さんには到底かないませんよ。なにせ岡部さんは探索のために年がら年中、悪党どもを相手に悪知恵くらべをなさっている。私とは場数の踏みようが違います」

薄ら笑いを浮かべて扇屋が応じた。

「いうにことかいて、よくもまあ、しらじらしいことを。いずれにしても大滝が深川大番屋支配でいるかぎり、深川で岡場所がらみの大きな騒ぎは起こるまい。見過ごすことのできぬ揉め事が起きないかぎり、無闇に怪動をかけるわけにはいかぬ。怪動を仕掛けることを願い出ても、御奉行も『余計な混乱を招くだけ』とお許しになるまい」

「私も、そうおもいます。だからこそ、何とか深川の岡場所で騒ぎを起こす謀《はかりごと》をおもいつかねばならぬのですよ」

笑みをたたえているが扇屋の眼は笑ってはいなかった。奥底には、凍えた光が陽炎《かげろう》のように揺れている。

「それでは無い知恵をしぼるか」

腕組みをして岡部が空を見つめた。

発せられることばを待って、扇屋が岡部をじっと見つめている。

三味線の音に合わせて、女が唄う常磐津《ときわず》が聞こえてくる。おもわず聞き惚《ほ》れてしまうほどのいい声だった。売れっ子の芸者が唄っているのかもしれない。

三味線と芸者の声が途切れた。

頃合いをあわせたかのように、うむ、と岡部が顎《あご》を引いた。

「この策なら、まず、はずれはあるまい」

「どんな策で」

身を乗りだした扇屋を見やって岡部が、にやりと小狡《ずる》そうな笑みを浮かべた。

「仕掛けやすい策だ。耳を貸せ」

にじり寄った扇屋が岡部に顔を近づけた。

口を扇屋の耳元に寄せ、岡部が何事かささやいた。

聞いている扇屋の顔に薄ら笑いが浮かんでいる。

躰をもどして扇屋が岡部にいった。

「それは絶妙の策。さっそく仕掛けましょう」

にんまり、とほくそ笑んだ。

三

辻斬りに錬蔵が襲われた夜から、すでに三日、過ぎ去っている。

この日も、深川大番屋の用部屋では錬蔵、溝口、小幡、前原、安次郎ら夜廻りに出ている者たちが集まっていた。松倉、八木ら、昼の見廻りに出向くふたりは、異変がないかぎり復申に及ばず、と二日前に、錬蔵が指図している。会合に顔を出していないところをみると、深川の町には掏摸《すり》などの小さな騒ぎはあっても、大ごとになるような一件は起きていないのだろう。

「御支配が一味のふたりを斬り倒した夜を最後に辻斬りは出ていません。生き残ったのはひとり。こ奴は、御支配の腕に恐れをなして、深川で辻斬りする気をなくしたのでは」

訊いてきた溝口に錬蔵が応じた。

「そのようなことはあるまい。あ奴とおれの業前は五分。奴は、必ず現れる」

「御支配の勘は当たりますからな。警戒をゆるめることなく、夜廻りをつづけるしかありませぬか。世に盗人の種は尽きまじ、というが、悪人どもめ、なかなか楽をさせてはくれませぬ」

独り言のような溝口のことばだった。

「探索にあたるおれたちと悪党たちの間は、いわゆる、切っても切れぬ腐れ縁という太い縄でつながっているのだ。楽をしたら油断につけこまれ、後々、つらいめにあうことになる。日々、警戒を怠《おこた》らぬ。そのことだけを心がけて務めるしかあるまい」

「肝《きも》に銘じておきます」

いつになく素直な溝口の応えだった。

見渡して錬蔵が告げた。

「七つ（午後四時）を過ぎたら頃合いを見計らって、それぞれ見廻りに出かけてくれ。夕刻は、挙動が怪しげな余所《よそ》者をみかけた者がいないかどうか茶店や蕎麦《そば》屋、自身番などの聞き込みにまわってくれ。五つ（午後八時）頃から辻斬りにたいする夜廻りにかかってくれ」

その下知に、向かい合って坐る溝口と小幡、ふたりの斜め後ろに控える前原、戸襖の前に位置する安次郎が、それぞれ大きくうなずいた。

深川大番屋を出た大滝錬蔵が万年橋《まんねんばし》を渡っていた頃……。

門前仲町《もんぜんなかちょう》の河水楼《かすいろう》の帳場奥の座敷では、主人の藤右衛門《とうえもん》が、出入りの女衒《ぜげん》、作造《さくぞう》が売りにきた娘ふたりの品定めをしていた。立たせたふたりに、それこそ頭のてっぺんから足の先まで鋭い眼差しを注いでいる。

年の頃は、ふたりとも十七、八といったところか。田舎《いなか》育ちのようにおもえた。粗末な木綿の小袖を身につけている。中肉中背で、化粧気はないが瓜実《うりざね》顔の目鼻立ちのはっきりした美形だった。浅黒くはないが色白とはいえない肌が気にかかったのか、藤右衛門は娘たちに、

「袖を肩口までまくってくれないか」

と声をかけた。

困惑した娘たちが作造に顔を向けた。作造が、厳しい目つきで、

「お咲《さき》、お君《きみ》、買値にかかわることだ、旦那のいわれるとおりにしな。早く腕まくりをするんだ。手間をかけさせるんじゃねえ」

と声を高めた。

あきらめたのか、うつむいたお咲、お君と呼びかけられたふたりが右手で左の袖を

まくりあげた。

お咲とお君の、袖に隠されていた二の腕は、まさしく雪の肌といってもいいほどの白さだった。

予想外だったのか、藤右衛門がおもわず眼を細め、声をかけた。

「袖をおろしてもいいよ」

無言でうなずいて、ふたりが袖をおろした。

「畑仕事でも手伝っていたのかい」

問いかけた藤右衛門に、お咲とお君にかわって作造が応えた。

「人手が足りないときは、かり出されていたそうでして。高持百姓の娘といっても、作物の出来具合で豊かにも貧しくもなる。今年は不作で、年貢が払えないことがはっきりした。それで、娘たちが身売りせざるを得なくなった、と聞いておりやす」

そのことばが耳に入っているのか、藤右衛門は眉ひとつ動かさず、お咲とお君にじっと眼を向けている。河水の藤右衛門と二つ名で呼ばれることもある藤右衛門は、

〈深川で三本の指に入る顔役〉

と噂されていた。

顔役といってもやくざ渡世に身を置いているわけではない。あくまでも茶屋の主人

として、

〈女の色香と遊びを売る遊里の商人《あきんど》〉

として稼業に励む者であった。

それゆえ藤右衛門は、商いに災いをもたらす無法者は、あくまでも手厳しくあつかった。河水の藤右衛門は、無頼を押さえ込む巨大な力も備えていたのである。

その河水の藤右衛門が脇に控える猪之吉《いのきち》に目を向けた。猪之吉は男衆の頭で、藤右衛門の片腕といわれている男であった。

その猪之吉に、藤右衛門の眼差しが、

（ふたりとも、なかなかの上玉だとおもうが、おまえはどう見立てる）

と問いかけている。

黙って猪之吉がうなずいた。その眼が、あっしもなかなかの上玉だとおもいやす、と告げていた。

ふたりの無言のやりとりを上目づかいで見ていた作造が、にんまりして、声をかけてきた。

「めったに出ない上玉で。いい値をつけてくださいな」

揉み手をしている。

眉一つ動かすことなく藤右衛門が応えた。

「上玉を連れてきてくれた作造の顔を立てよう。言い値で買わせてもらうよ」

「さすがに河水の藤右衛門親方だ、話が早いや。ひとり五十両、しめて百両で手を打ちやしょう」

身を乗りだした作造が満面に笑みを浮かべた。

四

浜通りで錬蔵が辻斬りたちと斬り合ってから、六日が過ぎ去っていた。

仲間をふたり、錬蔵に斬られている。残るひとりは、その後は、姿を現すどころか気配すらみせてはいない。

今日四つ（午前十時）の会合で、

「もう辻斬りは出ないのでは。今日から日中の見廻りにもどるべきではないですか」

と溝口が申し入れた。

即座に錬蔵は、

「いままでどおり夜廻りをつづける。決して警戒を怠ってはならぬ」

と応えている。

見立ては安次郎も錬蔵と同じだった。辻斬りは、錬蔵と五分の腕前と推断している。錬蔵を怖れて、辻斬りをやめるとはおもえなかった。

が、申し入れた溝口の気持もわからないではなかった。それぞれの持ち場のほかに、溝口に小幡、安次郎、前原の見廻ると決められている一帯も、連日、歩きまわることになった松倉、八木は、傍からみてもはっきりとわかるほど疲れ切っている。溝口や小幡の岡っ引き、下っ引きたちを自分たちの使っている岡っ引きたちに合流させ四つの組に割り振って、松倉、八木がそれぞれ二組を差配している。

このやり方だと、岡っ引きと下っ引きだけで見廻る一角での取り締まりが徹底できずに、さらに走りまわるという結果になり、ふたりの疲れが増す要因となっていた。

が、些細《ささい》な揉め事が、いつもより増えている。その揉め事の後始末に松倉と八木が、さらに走りまわるという結果になり、ふたりの疲れが増す要因となっていた。

ふたりの疲労困憊《こんぱい》ぶりを見かねたのか溝口が、

「それとなく手助けしてやろう」

といいだし、小幡、前原、安次郎の四人で話し合った。その結果、それぞれが八つ（午後二時）すぎに鞘《さや》番所を出て、深川の町々を見廻ることにしたのだった。

いま、安次郎は馬場《ばば》通りの一の鳥居を、大川へ向かって、くぐり抜けたところだった。騒ぎの種を見逃すまいと、周りに目線を走らせつつ歩いていく安次郎の足が止まった。

前方から羽織、袴姿の武士と小者たち十人ほどが歩いてくる。一行のなかに着流し巻羽織の、みるからに町奉行所の同心とみえる者がふたり、いた。様子からみて羽織、袴姿の武士は与力なのだろう。

深川は鞘番所の取り締まる土地《ところ》である。近づいてくる与力、同心たちの顔に、安次郎は見覚えがなかった。月番は北町奉行所だった。出役してくる町方役人は、北町奉行所の手の者としか考えられない。北町奉行所与力の錬蔵か、かつて北町の同心だった前原、もしくは鞘番所詰めの溝口ら同心たちが見たら、一目で何者かわかったはずであった。

一行の顔に険《けわ》しいものがあった。

何者かを引っ捕らえるべく、ひそかに出張ってきた。そうとしかおもえぬ剣呑《けんのん》なものが一行から感じ取れる。半ば反射的に安次郎は、町家の外壁に身を寄せていた。

一行は安次郎に気づくことなく眼の前を通りすぎていく。一行が半町ほど行ったのを見届けて、安次郎は通りへ出た。町家に沿って、一行をつけていく。

河水楼の帳場の奥の座敷で、藤右衛門と猪之吉が向かい合っていた。

「お咲もお君も、覚えが早くて、なかなか筋がいい、と三味線の喜代竹《きよたけ》師匠がいってました」

笑みをたたえて猪之吉がいった。

「そいつはよかった。ふたりとも、あの器量だ。座敷に出たら、売れ筋の芸者になるだろうよ」

応えた藤右衛門の顔にも笑みがみえた。

突然……。

よばわる声が上がった。

「北町奉行所与力、岡部吟二郎、直々《じきじき》の出役である。河水の藤右衛門、問いただしたいことがある。出てまいれ。出てこなければ踏み込む」

眼を猪之吉に向けて藤右衛門が訊いた。

「北町奉行所与力といったな」

「深川は鞘番所が取り締まっている一帯。与力ということなら大滝さまと同役、本来なら大滝さまが出張ってこられるのが筋だとおもいやすが」

「わしも、そうおもう」

そこで藤右衛門がことばを切った。

わずかの沈黙があった。

顔を上げて、藤右衛門がことばを重ねた。

「とにかく話だけは聞いてみよう。どうするかは、それからのことだ」

悠然と立ち上がった。

踏み込んだ岡部ら捕方たちと、行く手を塞《ふさ》いだ政吉《まさきち》や富造《とみぞう》ら男衆とが睨み合っている。

殺気だった、まさしく一触即発の有り様だった。

その緊迫を断ち切るかのように声がかかった。

「政吉、富造、道をおあけするんだ」

穏やかな口調だった。

無言で、政吉たちが左右に割れた。

その奥に、踏み石からつづく廊下の上がり端に坐った藤右衛門の姿があった。

両手をついて岡部吟二郎を見つめ、

「河水の藤右衛門でございます。お調べの筋とやらをお聞かせください」

といい、深々と頭を下げた。

歩み寄った岡部吟二郎が十手《じって》を突きつけて、声高に告げた。

「河水の藤右衛門、豊島《としま》郡の村名主を通じて訴えが出ている。高持百姓平作《へいさく》の娘、お咲、同じく梅吉《うめきち》の娘、お君を拐《かどわ》かした一味であろうが」

「拐かしなどと、とんでもない。誰が、そんなことをいっているのでございますか。たしかにお咲もお君も、この河水楼におります。が、ふたりは、作造という女衒を通じて買い受けた者、買い受けたときの年季証文も手元にございます」

「年季証文など、何の意味もないわ。作造と示し合わせれば、おもうがままにつくり上げることができる代物。拐かしの一味ではないとの証にはならぬ」

「何ということを。北町奉行所与力の岡部さまのおことばとはおもえませぬ。商いの相手と取り交わした証文が信用できぬなどと、そんな馬鹿げた話、聞いたことがございませせぬ」

鼻先でせせら笑って岡部が言い放った。

「よくもまあ、しらじらしいことを。盗っ人猛々《たけだけ》しいとは、藤右衛門、おまえのような奴をいうのだ。お咲、お君が、この河水楼にいる。そのことが、おまえが拐かしの一味である動かぬ証だ」

じっと見据えて藤右衛門が応えた。

「私が拐かしの一味かどうか、お咲とお君に訊けばわかること。この場によんで、岡部さま直々にお尋ねなされればよろしいのでは」

「おう、そうさせてもらおうか。お咲、お君を連れてまいれ」

振り向いて藤右衛門が問うた。

「猪之吉、お咲とお君は、いま、どこにいる」

背後に控える猪之吉が応えた。

「女たちの控え部屋で身の回りの世話をしております」

「連れてきてくれ」

「わかりやした」

ちらり、と岡部吟二郎に目を向けて、猪之吉が立ち上がった。

誰も口を利く者はいなかった。

陰鬱《いんうつ》な気が立ち籠めている。

ほどなくして猪之吉がお咲とお君とともにもどってきた。

もといたあたりに猪之吉が腰をおろし、

「連れてきやした」

と藤右衛門にいい、

「ここに坐りな」

自分の後ろを丸めた五本の指でついた。

おずおずとした仕草でお咲とお君が坐る。

顔を岡部に向けて藤右衛門が声をかけた。

「お咲とお君でございます。何なりとお訊きください」

鼻で笑って岡部吟二郎が応じた。

「いわれなくとも問いただす。お咲、お君、村名主を通じて、おまえたちの親から訴えが出ている。娘たちが作造なる女衒に拐かされた、という訴えだ。間違いはないな」

顔を上げてお咲が応えた。

「作造に、ことば巧みに、江戸見物にいかないか、と誘われ、そばにお君さんもいたこともあって、ついつい気安い気持でついていってしまいました。江戸についたら作造が、仲間のところにいこうといいだし、つれてこられたのがこの河水楼で。あたいたち、怖くて怖くて、どうしたらいいかわからなくて」

顔を両掌で覆ってお咲が泣き崩れた。お君も、つられたように泣き伏した。

居丈高《いたけだか》に藤右衛門を見据えて岡部吟二郎が告げた。

「聞いたか、藤右衛門。作造は仲間のところにいこうといったのだ。作造は、拐かしの下手人。その下手人が、仲間といっているのだ。仲間といわれた以上、拐かしの一味といわれても仕方なかろう」

「何という無体な。いいがかりとしかおもえぬおことば。河水の藤右衛門、拐かしの一味などと身に覚えのない疑いをかけられては、おおいに迷惑でございます」

「拐かしの一味かどうか取り調べればわかること、奉行所へ同道せい」

「行かぬと申したら、どうなさいます」

「引っ捕らえても奉行所へ連れていく。お咲とお君も、渡してもらおう」

「お咲とお君は、買い取った躰。渡すわけにはまいりませぬ。草の根分けても作造を探しだし、事のすべてを問いただした上で、拐かしたとわかれば、私の手で親元へふたりを送り届ける所存。亡八《ぼうはち》には亡八なりの掟《おきて》がございます。私、河水の藤右衛門は、命あるかぎり、あくまで亡八としての筋を貫く覚悟でおります。このこと、たとえ、将軍さまのご命令でも、曲げることはありませぬ」

「抜かしたな。このままでは捨て置かぬ。皆の者、河水の藤右衛門を引っ捕らえろ」

したがう同心や小者たちが身構えるのと政吉や富造たちが、

「そうはいかねえ」

「主人の身には指一本触れさせねえ」

と藤右衛門をかばって立ち塞がるのが同時だった。

と、表から声がかかった。

「待ちねえ。そんな無理は、深川じゃ通らねえぜ」

振り向いた一同の眼に十手片手に入ってくる安次郎の姿が映った。

ぎろり、と見渡して安次郎が声をかけた。

「岡部さんとかいったね。北町奉行所の与力かどうかしらねえが、深川には、深川を取り締まるために置かれた深川大番屋ってものがあるんだ。いわば深川は、深川大番屋の縄張りみてえなものよ。深川大番屋支配、大滝錬蔵旦那から十手を預かる竹屋《たけや》の安次郎、縄張りを荒らされちゃ、黙っちゃいられねえ。躰を張って、この場は一歩も引き下がらねえぜ」

眼を向けていった。

「政吉さん、鞘番所へ走ってくれ。御支配が、まだ、出かけねえでいらっしゃるはずだ。北町奉行所の岡部吟二郎という与力が河水の藤右衛門親方に難癖をつけている。すぐにも出張ってくだせえとおれがいっている、とつたえるんだ。御支配は、とるものもとりあえず駆けつけてくださる」

「わかりやした。一っ走り、行ってきやす」

尻を端折《はしょ》って政吉が表へ飛び出していった。

睨みつけて安次郎が吠えた。

「岡部さんとやら、藤右衛門親方を引っ捕らえる前に、まず、あっしの命をとらなきゃなりませんぜ」

十手を構えた安次郎が岡部を見据えて、一歩、足を踏み出した。

五

小名木川《おなぎ》に架かる万年橋を渡ると、鞘番所は目と鼻の先だった。

血相変えて走ってきた政吉が、門番所の物見窓に顔を寄せてわめいた。

「藤右衛門親方が危ない。鞘番所の御支配、大滝さまに取り次いでくれ。早くしてくんな」

障子窓がなかから開き、門番が顔をのぞかせた。

「悲鳴みたいな声を上げて誰かとおもったら政吉さんかい。待ってな。すぐ潜り口を開ける」

門番所の表戸を開け閉めする音が聞こえる。待ちきれずに政吉は潜り戸の扉に手をかけた。

なかから扉が開かれた。意識していなかったが、扉についた手に力が籠もっていたのだろう、政吉は扉にはりつくようにして転がり込んだ。たたらを踏んで踏みとどまる。

驚いた門番が問いかけた。

「いったい何があったんだい。いままで見たことのない慌《あわ》てよう、顔がひきつっているぜ」

「大滝さまはいらっしゃるんだろうな、留守なんてこたあ、ねえよな」

「御支配は用部屋にいなさる。おれが一緒にいってやる。取り次ぐより、そのほうが早い」

「ありがてえ。恩に着るぜ」

「ついてきな」

走り出した門番に政吉がつづいた。

「安次郎が躰を張って藤右衛門をかばっているのか」

開けられた用部屋の戸襖の向こう、廊下に坐った政吉に錬蔵が訊いた。政吉の脇に門番が控えている。

「そのとおりで。相手は北町奉行所の与力、安次郎さんの踏ん張りが、いつまでもつか」

「今一度訊く。やってきた北町の与力の名は岡部」

いいかけた錬蔵を遮《さえぎ》るように政吉が声を高めた。

「岡部吟二郎という野郎で」

「岡部、吟二郎か。あ奴、何のつもりで」

独り言《ご》ちて錬蔵が眉をひそめた。

文机《ふづくえ》に置いた書きかけの書付の束をそろえ、端にうつして錬蔵が立ち上がった。

刀架に架けた大刀に手をのばす。

「出かけよう」

手にした大刀を錬蔵が腰に差した。

河水楼では、藤右衛門をかばって立つ安次郎と岡部吟二郎が睨み合っていた。したがう同心、小者たちが一歩でも動けば、すぐ迎え撃つことができるように富造たち男衆が身構えている。

すでに半刻（一時間）近く過ぎ去っていた。

皮肉な笑みを浮かべて岡部吟二郎が声をかけた。

「とっくに着いてもいい頃ではないか。大滝とは、うまくつなぎがとれなかったのではないか」

一歩迫って、ことばをつづけた。

「安次郎といったな。いつまでも待てぬぞ。何事にも限度というものがある」

「腕ずくで話をつけようというのかい」

「そうだ。そろそろ、おれも痺《しび》れがきれてきた」

「いったはずだ。おれの眼が黒いうちは藤右衛門親方は渡さねえとな」

「河水の藤右衛門は拐かしの一味、引っ捕らえて責めにかければ、必ず口を割る相手。科人とわかっている者を、むざむざ見逃すわけにはいかぬ。腕ずくでも、捕らえる」

大刀の鯉口《こいぐち》を岡部が切った。

「刀を抜くつもりか。おもしれえ、竹屋の安次郎、それなりに剣の修行も積んできたつもりだ。相手になるぜ」

「身のほど知らずめ、生意気な。容赦はせぬ」

大刀を岡部吟二郎が抜きはなったとき、声がかかった。

「ほどほどにしねえかい、八丁堀の恥さらしになるぜ」

「なにっ」

振り向いた岡部の眼に、表戸を開けて入ってくる錬蔵の姿が飛びこんできた。背後に政吉がしたがっている。

歩みをすすめる錬蔵に気圧《けお》されたのか、岡部に率いられた同心と小者たちが二手に割れ、道をあけた。

大刀を抜き合えば、切っ先が触れ合うほどの間を置いて錬蔵が足を止めた。岡部を見やって声をかけた。

「与力の立場もわきまえず、岡っ引き相手に刃物三昧《ざんまい》とはあきれかえった話だ。刀をおさめたらどうだ、岡部」

「大滝、貴様とは同じ与力の役職にあるおれだ。指図は受けぬ」

不敵な笑みを浮かべて錬蔵が応じた。

「同じ役職だが立場が違う。おれは深川大番屋支配、御奉行より深川一帯の取り締まりを任されている身だ。少なくとも、この深川では、おれと貴様は同格ではない。それくらいのことは、わきまえているはずだが」

「いわれなくとも、わきまえている。が、役務上、おれは拐かしの一味を見逃すわけにはいかぬ。けちな縄張り意識など気にかけぬ。科人を捕らえるのが先だ」

「藤右衛門が科人だという証があるのか」

「訴えが出ている」

「訴え出た者は、藤右衛門が娘たちを拐かした一味だといっているのか」

「いってはおらぬが、娘ふたりは、女衒の作造という者に拐かされた。その作造が藤右衛門のことを仲間だといっている。それで十分ではないか。後は藤右衛門を捕らえて問いただし、責めにかけて白状させるだけだ」

「藤右衛門は、持ち見世に住み込みの芸者や遊女を何人か抱えている。藤右衛門は娘ふたりを女衒から買い受けたのではないか。廓《くるわ》や茶屋の主人が女衒から女を買う。色里では、よくある話だ」

顔を向けて錬蔵が訊いた。

「藤右衛門、年季奉公の証文はあるのか」

「ございます。お見せしましょうか」

「後であらためる」

向き直って、ことばを重ねた。

「聞いての通りだ、岡部。藤右衛門は女衒から買い取った、といっている。ふたりの娘が拐かされたと訴えが出ている以上、おれが、調べる。深川で起きた事件だからな。娘ふたりは調べがすむまで、藤右衛門のところに預けておけばよい」

「承服できぬといったら、どうする」

「何度もいわせるな。深川は、おれが取り締まりを任されている土地《ところ》だ。藤右衛門は深川の住人。探索し、拐かしの一味だとわかれば、おれがこの手で引っ捕らえ、裁きの場に引き据える」

「信用できぬな」

「なに」

「大滝、貴様は、人気とりのために、深川の取り締まりをゆるくして無法者たちの勝手気儘《きまま》を見逃しているとの噂が聞こえてくるぞ。火のないところに煙は立たぬ」

横から安次郎が声をあらげた。

「てめえ、とんでもねえいいがかりを。勘弁できねえ」

睨みつけて岡部がせせら笑った。

「勘弁できねえ、だと。どうしようというのだ。いつでも相手になるぞ」

「野郎」

一歩踏み出した安次郎を錬蔵が、

「止めぬか」

と手で制し、眼を向けた。

「岡部、剣術自慢のおぬしだ。相手が岡っ引きでは、腕の振るいようもなかろう。なんなら、おれが相手になってもよいぞ」

大刀の鯉口を切った錬蔵に、

「おのれ、いわせておけば」

右手に下げ持った大刀を、岡部が正眼に構え直した。

柄に手をかけて錬蔵が身構える。

対峙した錬蔵と岡部が睨み合った。

ふたりの躰から発せられる凄まじい気魄に圧せられたか、そこにいる者すべてが、金縛りにあったかのように身を硬くした。

いま、まさに、戦いの火蓋《ひぶた》が切って落とされようとしていた。

二章　極悪無道《ごくあくむどう》

一

右八双に岡部吟二郎が構えを変えた。

半歩、間合いを詰める。

対峙する錬蔵も半歩、間を詰めた。

「深川で起きた揉め事は、すべて、おれが落着する。それが深川大番屋支配のおれの務めだ。岡部、そのこと、わきまえるべきではないか」

穏やかだが、有無をいわせぬ強さが錬蔵の声音に籠もっていた。

しばしの沈黙があった。

ふっ、と片頬に皮肉な笑みを浮かべて、岡部が大刀を鞘に納めた。

「よかろう。此度《こたび》の拐かしの探索は、おぬしにまかせよう。ただし、ふたつ、条件をつけさせてもらう」

「これから半月の間で、藤右衛門が拐かしの一味ではないことを明らかにするのだ」

「条件?」

「半月の間に一件を落着しろだって。手がかり次第で、どう転ぶかわからねえのが探索だ。期限を切ってできるものかどうか、与力の岡部さまはよくご存じのはず。とんでもねえことをいいださねえでもらいてえな」

横から声を上げた安次郎に岡部が眼を向けた。

「そのこと約束できぬなら、藤右衛門を引っ捕らえ北町奉行所へ連れていくだけのこと。大滝、返答を聞こう」

「よかろう。半月の間に藤右衛門が拐かしの一味ではないとの証をたてよう。いまひとつの条件は」

「藤右衛門が姿をくらますかもしれぬ。深川大番屋の牢に、藤右衛門を閉じこめておくのだ」

「藤右衛門は逃げぬ。おれが保証する」

「もし逃げたら、大滝、おぬし、腹を切るか。そのくらいの覚悟があっての上で発したことばなのだろうな」

「万が一、藤右衛門が逃げたら、腹を切ろう。それでいいのだな」

「いい覚悟だ。よほど藤右衛門を信じているのだな、おぬしは。後悔するようなことになるかもしれぬぞ」

厭味《いやみ》な笑みを岡部が浮かべたとき、藤右衛門が声を上げた。

「大滝さま、深川大番屋の牢に入れていただきましょう」

「藤右衛門」

振り向いた錬蔵に藤右衛門が笑いかけた。

「大滝さまに腹を切らせるわけにはいきませぬ。半月ほどのことだったら、牢の中から指図すれば猪之吉で十分、見世の差配はこなせます。猪之吉、まかせたよ」

声をかけられた猪之吉が、

「わからねえことは、逐一、親方に訊きにいきます。親方には及ばねえが、やれるだけのことはやりますんで」

「頼りにしてるよ」

声をかけられた猪之吉が無言で大きく顎を引いた。錬蔵に顔を向け、藤右衛門がことばを重ねた。

「大滝さま、まいりましょう」

立ち上がった藤右衛門に錬蔵が、

「藤右衛門、すまぬな」

振り向いて声をかけた。

「岡部、引き上げてもらおう。お咲とお君は作造の行方を追う手がかりを知っているかもしれぬ。いつでも話を聞くことができるように河水楼に留め置いておく。異存はないな」

「ふたりの身に間違いがないようにな。傷の一つもつけたら、ただではすまぬぞ」

「猪之吉が仕切ってくれる。間違いはない。拐かされたということがはっきりすれば、娘たちはおれが親元へ連れていく」

「そのあたりのことは、まかせる。おれたちは、藤右衛門が深川大番屋の牢に入るのを見届けてから、引き上げる」

「好きにしろ。藤右衛門には縄はかけぬ。拐かしの一味かどうか、はっきりしていない以上、縛る必要もないからな。このこと、譲らぬ」

「いいだろう」

顔を向けて錬蔵が告げた。

「猪之吉、政吉と富造に、後で藤右衛門の着替えなど届けさせてくれ」

「わかりやした。手配りいたしやす」

「安次郎、藤右衛門と肩をならべて歩いてくれ。連れだって歩いて行く風を装うのだ。おれは、岡部、おまえたちと一緒に安次郎たちに少し遅れてついて行く」

「いいだろう」

「藤右衛門、安次郎、一足先に出かけてくれ」

うなずいた安次郎が藤右衛門とともに表へ向かって足を踏み出した。少し間をおいて錬蔵、岡部ら捕方たちがつづいた。

深川大番屋の表門の潜り口から安次郎と藤右衛門が入っていく。万年橋を渡ったところで錬蔵は足を止めて、ふたりの姿が大番屋のなかへ消えるのを見届けていた。

「なぜ止まったのだ。おれたちをなかに入れぬつもりか」

尖《とが》った口調で岡部が訊いてきた。

振り向いて錬蔵が告げた。

「大番屋のなかに入るのは、岡部、おぬしひとりだ。他の者は、ここらで小名木川を行き交う舟でも眺めて待ってもらおう。藤右衛門が牢に入るのを見届けるのは岡部ひとりで十分だ。どこの大番屋にも表沙汰にしたくない仕掛けがほどこしてある。その仕掛けを見られて、あちこちで喋《しゃべ》られでもしたら、たまらぬからな」

「ここにいる者は、みんな北町奉行所の同心や小者たちだ。口は堅い」

「どんな相手も、まずは疑え。探索に仕掛かる与力の心得のひとつとして先達の方々に教え込まれたはずだ」

「それは、そうだが」

渋面《じゅうめん》をつくって岡部が配下の同心たちを振り向いた。

「おまえたちは、ここで待っていてくれ。この場は、深川大番屋支配のことばにしたがうしかあるまい」

無言で同心、小者たちが顎を引いた。

牢のなかに藤右衛門が坐っている。格子の隙間から藤右衛門の顔がみえた。

牢の前に錬蔵と岡部が立っている。安次郎は牢屋の出入り口に立っていた。近づく者がいないか見張っているのだろう。

顔を向けて錬蔵が声をかけた。

「岡部、見てのとおりだ。藤右衛門は牢のなかにいる」

「たしかに見た、おれの両の眼でな」

目線を藤右衛門に注いだまま岡部が応えた。

「なら引き上げてもらおう。おれは探索を始めねばならぬ。藤右衛門が拐かしの一味ではないという証を手に入れねばならぬからな」

「相変わらずの愛想なしだな、大滝。だから、御奉行から疎《うと》まれるのだ」

ちらり、と岡部に目線を走らせ錬蔵が告げた。

「表門まで送ろう」

応えも待たずに歩きだした錬蔵に、苦虫を嚙《か》み潰した顔つきで岡部がつづいた。

二

深川大番屋の表門の前に錬蔵はいた。

新大橋へ向かっていく岡部たちに眼を注いでいる。

新大橋のたもとには水茶屋が建ちならんでいる。夕刻から深川に遊びに来る者たち目当ての、天麩羅《てんぷら》や鮨《すし》などの屋台もあちこちに出始めていた。

一行が橋を渡り始めたのを見届けてから、錬蔵は潜り口に手をかけた。

牢屋へ向かって錬蔵は歩みをすすめた。

足を踏み入れた錬蔵は、牢の前で膝《ひざ》を折って、なかにいる藤右衛門と話をしている安次郎に気づいた。

入ってきた錬蔵の気配に安次郎が顔を向けた。困惑しているのか、浮かぬ顔つきだった。

「どうした、安次郎」

問いかけた錬蔵に安次郎が、

「旦那、何とかしてくださいよ。藤右衛門親方が、どういうわけか、牢から出ないと頑固《がんこ》この上ない仰有《おっしゃ》りようなんで」

歩み寄った錬蔵が声をかけた。

「藤右衛門、このまま牢にいなくともいいのだぞ。牢に入れたのは岡部に見せるため、ただそれだけのことなのだ。すでに岡部は引き上げた。おれの長屋で手足を伸ばしたらどうだ。ようは深川大番屋から外へ出なければいいだけの話だ。おれの長屋へ移ってくれ」

坐り直して藤右衛門が応じた。

「これは日頃の大滝さまとはおもえぬ、見通しの甘いおことば。万が一、大滝さまがお留守のときに岡部さまが訪ねてこられたらどうなさいます」

「それは」

「あわてて御長屋から牢へもどる手がないとはいえませぬ。が、強引に岡部さまが牢へ向かわれたら打つ手がない、ということになりませぬか」

「しかし、藤右衛門、牢のなかは何かと不自由だぞ」

「かまいませぬ。それより不思議なのは、岡部さまは、どこの誰から、お咲とお君が河水楼にいると聞かされたのか、どう考えても合点がいきませぬ。名主から訴えが出て、さほどの日数がたっているともおもえませぬ。探索してお咲たちの居所を突きとめることなど、そう簡単にできることではありますまい」

「藤右衛門は、岡部が乗り込んできたのは何やら根深い企みがあってのこととみているのだな」

「深川の遊所は拐かした娘たちを何のためらいもなく買いつける悪所との噂が広がれば、この深川を、御上はどう扱います。ほかにも拐かされ売り渡された女たちがいるかもしれぬと探索を始めるはず。探索の結果、拐かされ売られた女が見つかったら、このような無法をほうっておくわけにはいかぬ、徹底的に取り締まらねばなるまい、と怪動をかけてくるかもしれませぬ」

　横から安次郎が声を高めた。

「怪動ですって。怪動をかけられたら、遊女はもちろん芸者衆まで、深川の岡場所で稼いでいる女たちはみんな、引っくくられて牢にぶち込まれ、ろくな調べも受けずに吉原に下げ渡されて、三年間、ただ働きさせられますぜ。吉原は、ただで女たちを手に入れられて大儲けでしょうが、この深川は、まさしく踏んだり蹴ったりの丸損だ」

「怪動、か。岡部が吉原の誰かとつながっていることがはっきりしたら、藤右衛門の疑念が現実のものとなるわけだ。北町奉行所の与力という、同じ役職にある者が吉原の惣名主から頼まれて動いているとはおもいたくないが、しかし」

黙り込んだ錬蔵を藤右衛門と安次郎が、じっと見つめている。

重苦しい静寂が、その場を支配していた。

顔を向けて錬蔵が問うた。

「藤右衛門、吉原の惣名主は、たしか」

「扇屋五左衛門でございます」

「扇屋、五左衛門か」

身を乗りだして安次郎が口をはさんだ。

「旦那、扇屋五左衛門を見張りやしょう」

「安次郎は扇屋の顔を知っているのか」

問い返した錬蔵に安次郎が、

「それは」

とロごもって舌を鳴らした。

「顔も知らぬ相手をどうやって見張るのだ」

「旦那、そこんとこは何とかなりますぜ。連夜、吉原に出向いて扇屋のまわりをぶらついてりゃ、そのうち、扇屋五左衛門を見かける折りもあるというもので」

「そのうちでは、いかぬのだ。すべてを半月の間に落着せねばならぬ」

横から藤右衛門が声をかけてきた。

「私は扇屋五左衛門の顔を知っています。が、いまは囚《とら》われの身、身動きひとつできませぬな。が、奴らなら知っているはず」

「誰が、知っているというのだ」

「女衒たちです。作造は深川や浅草、谷中《やなか》などの岡場所を商い先としている女衒。女衒のなかには吉原を得意先としている者たちもいます。河水楼出入りの女衒たちと馴《な》染《じ》みのある政吉や富造ら男衆にあたらせれば、扇屋の顔を知っている女衒にたどりつくのに、さほどの時もかからぬでしょう」

「一緒にあっしも動きやす。深川大番屋の手先を務めるあっしがいれば、政吉たちだけで動くより何かと都合がいいはず」

懐《ふところ》から十手を取りだし安次郎がつづけた。

「女衒たちは脛《すね》に傷もつ身。あまり好きなやり方じゃないが、おもいのほか、こいつが役に立つはずで」

手にした十手を振ってみせた。

苦笑いしながら藤右衛門が応じた。

「政吉か富造が私の着替えを持って、もうじき鞘番所にやってきます。探索の手伝いができるとなれば血の気の多い政吉たちのこと、おおいに張り切るでしょうよ」

眼を向けて安次郎がいった。

「大滝の旦那さえよけりゃ、政吉たちがやってきたら、すぐ馴染みの女衒の住まいへ押しかけやす」

「そうしてくれ。作造の居所を突きとめ、身柄をおさえて拐かした娘たちを売りに来た経緯を白状させるのが、一件落着への早道だ。いずれにしても女衒たちには聞き込みをかけねばならなかったのだ。めぐりあわせがもたらした一石二鳥の手立てかもしれぬ」

「たしかに」

「夜廻りのために、前原と落ち合うと決めていた場所がどこか教えてくれ。おれがそこへ出向き、安次郎は別の探索に仕掛かってここには来れぬ、とつたえねばならぬ。今夜は、おれと前原のふたりで見廻ることになるだろう。明日からは前原も、女衒の探索にくわわってもらう」

「前原さんの組とあっしの組、二手に分かれて動けば事が一気にすすみやす。作造の行方探しは前原さんにまかせて、あっしは扇屋を追いかけまさあ。なあに扇屋五左衛門の顔さえ見覚えたら、どこへ行くにも、食いついた亀みたいにくっついて離れるもんじゃありませんや」

不敵な笑みを安次郎が浮かべた。

三

鞘番所へ藤右衛門の身の回りの品や着替えを届けに来た政吉と富造は、錬蔵から、

「安次郎の探索を手伝ってほしいのだ。藤右衛門の許しは得ている。出入りの女衒たちに聞き込みをかけ、作造の居所と扇屋五左衛門がどんな人相かたしかめてくれ」

と声をかけられ、やる気をみなぎらせた。

河水楼に安次郎とともに引き上げた政吉と富造は、猪之吉に事の仔細《しさい》を話し、明日

から前原とともに動く男衆を数人ほど選び出してくれるよう頼んだ。

男衆たちの手配りを終えた安次郎、政吉、富造の三人は湯島《ゆしま》に住む仙三《せんぞう》という女衒に聞き込みをかけるべく足を向けた。

暮六つ（午後六時）を告げる時の鐘が風に乗って聞こえてくる。東叡山寛永寺《とうえいざんかんえいじ》で撞《つ》いているのだろう。

「いるかな、仙三は」

話しかけた安次郎に政吉が応じた。

「女を買いつけに旅に出てなきゃいいんですが。ほとんどの女衒は街道筋を流れ歩いているやくざたちとかかわりをもっています。大水で田畑の作物を流された一帯や、どういうわけか急に年貢の取り立てが厳しくなったところがあるなんて噂話を聞き込むためでさ。いい話をひろってきたやくざには小銭をくれてやると聞いておりやす。飢饉《ききん》つづきで娘たちを売り尽くしたような村に出かけても無駄足になる。で、やくざの噂話が金儲けの種になるという道理でして。女衒たちは、なるべく、はじめて地震や洪水、飢饉にあったりした手つかずの土地へ足を運んでは、いまにも売られそうな娘をみつけだして、娘を売らないか、ともちかける。話に乗ってきたら買いつけるというやり方なんで」

横から富造が口をはさんだ。

「岡場所も吉原も、女衒が女を売りに来るのは昼間と相場が決まっておりやす。夕刻から深更にかけては、茶屋も廓も商いの真っ盛りで女衒を相手にする閑《ひま》がないというのがほんとうのところでして。いけねえ」

手で自分の額をはたいて富造がことばを重ねた。

「安次郎さんが昔は男芸者だったってことをすっかり忘れていた。政吉のお喋りに、ついつり込まれてしまって、ほんとにいけねえ」

「なんでえ、富造。てめえのうっかりを、おれのせいにする気かよ」

揶揄《やゆ》する口調で政吉がいった。

にやり、として安次郎がいった。

「おふたりさん、頼りにしてるぜ」

ばつの悪そうな顔つきで、政吉と富造が顔を見合わせた。

訪ねた湯島天神下《てんじんした》の住まいに仙三はいなかった。表戸ごしに声をかけたら顔を出した仙三の女房が、やってきた客が得意先の深川の河水楼の男衆だと知って、

「常陸《ひたち》へ女の買いつけに行くと四日まえに旅に出ました。帰ってくるのは早くても一

月先、いい玉が見つからないときは二月以上、もどってこないのが常ですからね」と精一杯の愛想笑いを浮かべて話してくれた。仙三の女房は作造のことは知らないようだった。

「うちの宿六は、商売仲間とは顔を合わせたら挨拶するていどで、深い付き合いはしないようにしているんですよ。何せ商売敵ですからね。いままで何度も出し抜かれて、煮え湯を呑まされているから無理もないですよ」

と大袈裟《おおげさ》に溜息《ためいき》をついたものだった。

歩きながら政吉が安次郎に話しかけてきた。

「金杉上町《かなすぎかみ》にも河水楼出入りの丑松《うしまつ》という女衒が住んでおりやす。上野山下《うえのやました》から三輪《みのわ》町へ向かうことになりやす。安次郎さんさえよければ足をのばそうとおもいやすが」

「一刻も早く扇屋五左衛門の顔を見たい。住んでいる土地《ところ》から推しはかって、丑松は吉原にも出入りしているんじゃねえかな」

「そこんところは、あっしには、よくわからねえんで。どこに出入りしているか、いわない、訊きもしない、というのが茶屋と女衒の、買い手と売り手の、稼業上の筋というものでして」

「そこらへんのところはおれにもわかる。もし丑松が扇屋へ出入りしているとしたら、藪《やぶ》をつついて蛇を出すようなことになるかもしれねえな」

「といいやすと」

「おれたちの動きが扇屋に筒抜けになるかもしれねえ、ということよ」

「それは」

「ねえとはいえねえ」

　ほとんど同時に政吉と富造が声を上げた。

「だからといって、止めるわけにはいかねえ。とりあえず扇屋の顔を見る。見て、両の眼に焼き付ける。いまは、そのことだけのために動くしかねえ。そう、おれは決めているんだ」

　言い切った安次郎に政吉が応じた。

「わかりやした。とりあえず丑松のところに行きやしょう」

「急ごう。半月のうちに一件を落着しなきゃいけねえ。時が惜しいや」

　足を速めた安次郎に、政吉と富造がつづいた。

　深川は、多数の川の流れで細かく区切られた町である。黄昏時《たそがれ》に、それぞれの川に架かる橋の中ほどに立って眺めると、茶屋や局見世などに点る赤や黄の光が川面に映えて、流れにまかせて揺らいでいる。錬蔵は、その風景が、いかにも深川らしくて好きだった。

いま、油堀に架かる千鳥《ちどり》橋のたもとで錬蔵は前原を待っていた。ほどなく安次郎から聞いていた前原と待ち合わせる刻限であった。錬蔵は油堀の水面を眺めている。茶屋から茶屋へと酒宴の場を変えるためか、値の張りそうな小袖に羽織をまとった、みるからに大店の主人風とおもえる客を乗せた舟が漕ぎ去っていく。おそらく、どこぞの船宿で腹ごしらえでもして茶屋へ乗り込むのだろう。

小走りに近づいてくる足音に気づいて錬蔵は振り向いた。

駆け寄ってきた前原の顔に緊張したものがあった。

「安次郎に何かあったのですか」

「急ぎ探索に出向かねばならぬ事態が生じてな。そのことを知らせに、おれがやってきたのだ。今夜は安次郎にかわって、おれが一緒に見廻る」

「急ぎの探索とは」

問いかけてきた前原に、

「歩きながら話そう。肩をならべてくれ」

足を踏み出した錬蔵に前原がならった。

横にならぶ。

顔を向けることなく錬蔵が前原に話しかけた。

「今日、北町奉行所の与力、岡部吟二郎が配下の者を引き連れて河水楼に乗り込んできた」

「与力の岡部さんが。岡部さんといえば、あちこちの大名家や大店から付け届けを受け取ったり便宜《べんぎ》を計って謝礼を懐に入れたりする、など、とかくの噂があるお人。狙いをつけたのは河水楼ですか、それとも藤右衛門自身ですか」

「藤右衛門だ」

「藤右衛門ですって。藤右衛門が何をやったというのですか」

「岡部は、藤右衛門が拐かしの一味だというのだ」

「拐かしの？　そんな馬鹿な」

「それが、そう馬鹿げた話でもないのだ。拐かされたと岡部がいっている娘が河水楼にいる。作造という女衒から買いつけたお咲、お君のふたりだ。作造は、ふたりに仲間のところへ行こう、といって河水楼に連れてきたそうだ」

「拐かされた娘たちが、河水楼にいるのですか」

「面妖な話だ。岡部は、藤右衛門が逃げるかもしれぬ、逃がさぬために捕らえに来たといって譲らない。居丈高《いたけだか》の岡部のやり方に腹がたってな、斬り合う寸前までいった」

「斬り合いは避けられたのですな」

「おれが申し入れた。岡部め、引き下がるにあたって条件をつけおった。それがなかなか厳しいものでな」

「どんな条件で」

「半月の間に、藤右衛門は拐かしの一味ではないとの証を示せ、というのだ」

「半月過ぎたら、藤右衛門を拐かしの一味として引っ捕らえる、というのですな」

「藤右衛門は、身の証がたつまで深川大番屋の牢に入ると、自ら申し出てくれて、いま、牢の中にいる」

「藤右衛門が、大番屋の牢に入っているのですか」

「藤右衛門がいうには、岡部は深川の岡場所に怪動をかけるべく謀をめぐらしているのではないか、というのだ」

「怪動を。岡部さんのことだ。多額の袖の下を受け取って、金をくれた相手のいいなりになって動いているのではないのですか」

「おれも、そうおもう。藤右衛門は、岡部の後ろで糸を引いているのは吉原の惣名主、扇屋五左衛門ではないか、と疑っている。このことは、あくまでもおれの見立てだがな」

「藤右衛門の疑念、当たらずといえども遠からず、ではないでしょうか」

「岡部と扇屋五左衛門がどこかの茶屋などで密会していることを突きとめれば、藤右衛門の疑念が的を射ていた証になる。が、藤右衛門以外、扇屋の顔を知っている者がまわりにいないのだ」

「私も知りませぬ」

「で、いま安次郎は政吉や富造とともに河水楼に出入りしている女衒たちを虱潰《しらみつぶ》しにあたっている。扇屋の顔を知っている女衒を見つけ出し、何らかの手立てを使って扇屋の顔を見知っておこうというのだ」

「扇屋に張りつき、つけ回そうというのですな」

「そういうことだ。うまくいくかわからぬが、いまは、あらゆる手立てをつくすべきだとおもってな」

「私が岡部さんを見張りましょうか」

「前原、おまえはかつて北町奉行所の同心だった。岡部には顔を知られている。安次郎も河水楼で顔を見られている。岡部はああ見えても用心深い男だ。政吉や富造では尾行に気づかれてまかれるだろう。それで、おれは、扇屋を張り込むほうが何かと動きやすいのではないか、と考えたのだ」

「いまごろ安次郎は女衒たちにあたっているのですな」

「そうだ。できるだけ早く扇屋五左衛門にたどりつくといいのだがな」

黙然と前原がうなずいた。

それからふたりが口を利くことはなかった。見廻ると決めてある一帯を悠然とした足取りですすんでいく。

四

裏通りに面した黒い板塀の瀟洒《しょうしゃ》な造りの建家が丑松の住まいだった。

「黒い板塀か。まるで囲い者の住まいだぜ」

片開きの扉の、板屋根の木戸門の前で足を止めた富造が声をあげた。

「買ってきた娘たちを売り先が決まるまで泊めることもある、と丑松から聞いたことがある。小綺麗な建家だ。娘たちにとっちゃあ、のんびりした気分になれるところかもしれねえな」

「行燈《あんどん》の明かりがなかから漏れている。どうやら丑松はいるようだな」

のぞき込むようにして安次郎がいった。

「乗り込みやしょう」

扉に政吉が手をかけた。

表戸にはつっかえ棒がかけられているのか、開けようとしても、びくともしなかった。政吉が大声で呼びかけると、奥から出てくる気配がして、土間に降り立つ足音がした。

つっかい棒がはずされ、表戸がなかから開けられた。

「訪ねてくるには、少し遅すぎやしませんか。もうじき寝ようとおもっていたところで」

無愛想な顔つきで丑松がいった。丑松は四十がらみの、痩せた、細面《ほそおもて》で狐目の男だった。

「急ぎの用ができたんだ。知らない仲ではあるまいし、邪険な物言いはよしにしてもらいてえな」

渋面をつくって政吉が応じた。

「気にさわったんなら勘弁してくれ。急ぎの用というのは、どういうことだね」

「表戸をはさんでの話は、どうも調子がでねえや。入ってもいいかい」

横から富造が声をかけた。

「かまわねえよ。入ってくんな」

躰をずらせた丑松が表戸を大きく開いた。

三人が入ったのを見届け、丑松が表戸を閉めた。

板敷に上って向き直って坐った丑松が、

「すまねえが上がり端に腰を掛けてくだせえ。奥には夜具が敷いてあるんで」

「かまわねえよ」

応えて政吉が腰を下ろした。富造、安次郎が政吉にならった。

「実は吉原の扇屋さんと一騒動、起きそうなんだよ。できれば、騒ぎになる前に扇屋の主人、五左衛門さんとうちの藤右衛門親方とで話し合いをしてもらいてえとおもってるんだ。親方にそのことを勧める前に扇屋五左衛門さんが、どんなお人か調べてみてえ。そのためには、五左衛門さんが、どんな顔か知ることから始めなきゃならねえとおもっているんだ。丑松さんは商いで吉原にも出入りしているという噂だ。仲立ちしてくれとはいわねえ。遠目でもいいから、扇屋の五左衛門さんはあの人だと、教えてくれねえかな」

なかなかやるじゃねえか、見直したぜ政吉。やりとりを聞きながら安次郎は胸中で感心していた。おそらく政吉は、住まいに向かう道すがら、うまく丑松を動かす手立てはないかといろいろ思案していたに違いない。

横目で安次郎は丑松の様子をうかがった。

うむ、と唸《うな》って、丑松がうつむいた。一瞬のことであったが、うつむきながら丑松が顔をしかめたのを安次郎は見逃していなかった。

しばしの間があった。

顔を上げて丑松が口を開いた。

「扇屋の五左衛門親方は吉原の惣名主だ。吉原に商いで出入りしているあっしが惣名主を知らないといったら、もぐり扱いされちまう。聞けば、諍《いさか》いを未然におさめるために惣名主と河水の藤右衛門親方を引き合わせるための手立てだという話だ。仲立ちはできねえが、離れたところから扇屋の五左衛門親方の顔を教えることぐらいはできるぜ」

ぽん、と拳で一方の掌を打って政吉が声を上げた。

「ありがてえ。いまから出かけるかい」

腰を浮かすのへ丑松が手をあげて制した。

「待ってくれよ。岡場所を稼ぎ場にしている政吉さんなら、いわれなくとも、よくわかっているはずだぜ。いまの刻限、色里は稼ぎ時の真っ盛りだ」

動きを止めた政吉が、

「いけねえ、おれとしたことが、そのことをうっかり忘れてたぜ」

腰を下ろして、ことばを重ねた。

「明日、出直してくる。昼過ぎだったら、ほどよい頃合いだろう」

「いいよ。それじゃ、待ってるぜ」

帰りを促《うなが》すかのように丑松が立ち上がった。


表戸から安次郎たちが外へ出ると、なかで丑松がつっかい棒をかける気配がした。

木戸門を出たところで安次郎が足を止めた。先を行く政吉と富造が気づいて立ち止まり、振り返った。

「どうしなすった、安次郎さん」

ふたりに近づき安次郎が顔を寄せた。

「どうにも気になるんだ。近くに身を隠して丑松を張り込もう」

「安次郎さんの勘働きですかい」

訊いてきた政吉に、

「そういうことだ。もっとも何の根拠もないんだが」

応えた安次郎に富造が口をはさんだ。

「あっしも、安次郎さんと同じ気分で。丑松の野郎、みょうに白々《しらじら》しい様子で、商いで顔を出しているときとは、まるで別人のように見えましたぜ」

「さて、どこに身を隠すか」

あたりを見回した安次郎が、

「丑松の住まいのはす向かいに通り抜けがある。あそこで張り込もう」

目線で指し示したあたりに政吉と富造が眼を向けた。

納得したのか、大きく顎を引いた。

通り抜けに向かって足を踏み出した安次郎に、政吉と富造がつづいた。

五

「出てきた」

「丑松の野郎、どこへ行くつもりだ」

ほとんど同時に政吉と富造が押し殺した声を上げた。

「つけよう」

小声で告げて安次郎が立ち上がった。

空には雲がまばらに浮かんでいるのか、月の姿が消えたかとおもうと、しばらくたって顔を出して、おぼろにまわりを照らし出した。

左右に田畑が広がっている。行く手に、点る明かりが建家から夜空へとのびている一角があった。

その光へ向かって丑松は歩いていく。

ついてくる政吉と富造を振り向くことなく安次郎がいった。

「間違いねえ。丑松の行く先は吉原だ」

背後から政吉が声をかけてきた。

「訪ねる先は扇屋かもしれませんね」

「おそらくな。おれたちが訪ねて来たことを扇屋に知らせるんだろう」

「扇屋から深川の男衆がやってきたら知らせるよう、話があったのかもしれやせんね」

肩越しに政吉が訊いてきた。

「すぐにわかるさ。それより尾行に気づかれないようにしな。衣紋坂《えもん》にさしかかったら大門は間近、通りといっても敵地も同然のところだ」

「わかりやした」

「気ぃ入れて動きやす」

相次いで政吉と富造が応じた。

衣紋坂から、曲がりくねった五十間道《ごじっけん》を大門へ向かって丑松は歩いていく。一度も後ろを振り返らなかった。どうやら丑松は尾行には気づいていないようだった。

扇屋は仲《なか》の町にあった。惣名主のやっている見世らしく、豪勢な造りの茶屋だった。通いなれた道らしく、丑松は迷うことなく扇屋と隣りの見世の間にある、天水桶で目隠しされた通り抜けに入っていった。奥に扇屋の裏口があるのだろう。

「通り抜けには入っていけねえ。つけているのを教えてやるようなもんだ。このあたりをぶらつきながら、丑松が出てくるのを待つしかねえだろう」

向かい側の茶屋の前で足を止めた安次郎が、政吉と富造を振り向いて声をかけた。

無言でふたりが顎を引いた。

置屋から揚屋へ向かう太夫格の遊女が、若い男衆を先頭に妹女郎の新造、禿《かむろ》や遣《や》り手、茶屋の亭主や芸者を引き連れて仲の町の通りを歩いていく。足を踏み開く男のような歩き方の、江戸風の外八文字の足運びでゆっくりとすすんでいた。遊びに来た男たちが立ち止まって遊女の揚屋入りの行列を見つめている。

が、安次郎たちの眼が行列に向けられることはなかった。傍目には、ぶらぶらと歩きながら籬《まがき》の向こうに居流れる遊女たちを冷やかしているようにみえる安次郎たちの目線は、扇屋の通り抜けの出入り口に注がれている。

小半刻（三十分）ほど過ぎた頃、丑松が通り抜けから出てきた。

大門の方へ歩いていく。

見え隠れに安次郎たちがつけていった。

大門から五十間道、衣紋坂と、やってきた道筋を逆にたどって丑松が歩いていく。

つけていく安次郎たちにとっても、同じことを繰り返すようなものだった。

下谷竜泉《りゆうせん》寺の、田畑との境の町家が黒い影を浮かせている。その向こうには町家が建ちならんでいた。

「ここで丑松を取り押さえよう。扇屋で何をしてきたか聞き出すんだ。作造のことも知っているかもしれない。だんまりを決め込んで手を焼かせるようなら、鞘番所へ連れ込もう」

眼をぎらつかせて政吉と富造がうなずいた。

「行くぜ」

足を踏み出した安次郎が動きを止めた。

「人の気配が」

独り言のようにつぶやいて首を傾げた。

黙然として、政吉と富造が安次郎を見つめた。

眼を閉じて、背後に気を注いでいた安次郎が、

「気のせいだ。何の気配も感じない」

顔を向けて政吉たちに声をかけた。

「仕切り直しだ。行くぜ」

足を踏み出した。政吉たちがつづく。

駆け寄る足音に丑松が振り向いた。

大きく眼を見開く。

宙を飛んだ黒い影が間近に迫っていた。

あわてて丑松が身を躱《かわ》そうとした。

が、逃れることはできなかった。

飛びかかってきた黒い影に抱きつかれ、勢いに負けて路上に叩きつけられていた。揉みあって組み敷かれた丑松が驚愕《きょうがく》に眼を剝いた。

押さえつけていた黒い影の顔は、安次郎のものであった。

「てめえは、政吉と一緒にやって来た野郎。いったい何をする気でえ」

「深川鞘番所の岡っ引きの安次郎だ。おめえに訊きたいことがある。すんなり話せばよし、下手にだんまりを決め込むと縄をかけて鞘番所へ連れていき、責めにかけることになるぜ」

近寄ってきた政吉と富造に気づいて、丑松が声を高めた。

「政吉さんに富造さん、これはどういうわけなんでえ」

「丑松、よくもおれたちを虚仮《こけ》にしてくれたな」

腕まくりした政吉の横から富造がことばを継いだ。

「てめえ、扇屋に出向いて、どんな話をしてきたんだ。洗いざらい白状しやがれ」

「政吉、富造、ふたりで丑松を取り押さえてくれ。両腕をとって逃げられないようにするんだ」

左右に回った政吉と富造が片膝をつき、丑松の両腕をつかんだ。

腰を浮かせて安次郎が丑松から手を離した。

左右から腕をとった政吉と富造が、力まかせに丑松を立たせた。

懐から十手を引き抜いた安次郎が、丑松の鼻先に突きつけた。

「河水楼の息のかかった者が訪ねてきたら知らせてくれ、と扇屋五左衛門から頼まれていたんだな。さあ、話せ。でないと痛い目にあうぞ」

「知らねえ」

「知らねえ、だと。舐《な》めるんじゃねえ、痛い目をみたいようだな」

いきなり十手で丑松の腹を突いた。

大きく呻いて、激痛に身をよじった丑松の眼前に、安次郎が十手を突きつけた。

「どこだ。次はどこを殴ってほしい。いわないと首を突くぞ」

喉に十手の先を押しつけられ、丑松がことばにならない声を上げた。

喉に突きつけた十手に、安次郎が力を籠める。

「苦しい。いう。いうよ」

十手を安次郎が、丑松の喉笛から離した。

「安次郎親分のいうとおりだ。今朝方、扇屋の男衆がやって来て、深川の茶屋の男衆が訪ねてくるかもしれねえ、そのときは、どんな話をしたか、訪ねてきたのはどこの誰か、教えてくれ。酒代ぐらいははずむぜ、といわれたんだ」

「もうひとつ訊きたいことがある。同業の作造のことだ」

「作造は一匹狼の女衒だ。付き合いはねえ。嘘じゃねえ、ほんとうだ。住まいがどこかも、おれは知らねえ」

「どうやら、まだ洗いざらい喋る気にはなっていないようだな。深川鞘番所へつきあってもらおうか」

目配せした安次郎に、政吉と富造が大きく顎を引いた。政吉が吠える。

「丑松、引きずってでも深川鞘番所へ連れていってやるぜ」

両腕を押さえていた手にふたりが力を籠めた。もがいて丑松が叫んだ。

「厭だ。おれは深川鞘番所なんかには行きたくねえ。勘弁してくれ」

「来い」

「くるんだ」

引っ立てようとしたとき、駆け寄る足音が響いた。

振り向いた安次郎の眼に、大刀を抜きはなって走り寄る、数人の強盗頭巾の姿が飛び込んできた。

「危ねえ。三人、背中合わせになって備えるんだ」

叫んだ安次郎の声に、政吉と富造が丑松から手を離した。

十手を安次郎が、懐から匕首《あいくち》を引き抜いた政吉と富造が、背中を合わせ身構えた。

「ざまあみやがれ。どんなことがあっても守ってやる。これからも深川の奴らがやって来るに違いねえ。そのときは逐一、知らせてくれ、と扇屋さんからいわれているんだ。十手風を吹かせたって、痛くもかゆくもねえや」

悪態をつく丑松の相手をする気にもならないのか、安次郎たちは強盗頭巾を迎え撃つべく十手を、匕首を構えなおした。

白刃をかざして、強盗頭巾たちが間近に迫った。

三章　多事多端《たじたたん》

一

眦《まなじり》を決して安次郎が十手を、政吉と富造が匕首《あいくち》を握りしめた。

が、強盗頭巾たちは、おもいもかけぬ動きをした。

必死の形相《ぎょうそう》で待ち受ける安次郎たちを見向きもせず、丑松に向かって走ったのだ。

驚愕の眼を見開いて丑松が棒立ちとなった。先頭を行く強盗頭巾が、金縛りにあったかのように立ちつくす丑松に袈裟懸《けさが》けの一太刀をくれた。

首の根元から血を迸《ほとばし》らせてよろけた丑松に、つづいて迫った強盗頭巾たちが二の太刀、三の太刀と浴びせて、走り去った先頭の強盗頭巾を追ってゆく。

四人目の強盗頭巾が逆袈裟に丑松を切り捨てた。脇から胸へと切り裂いた、凄《すさ》まじいまでの太刀の勢いに、一瞬、躰をのけぞらせた丑松が顔面から倒れ込んだ。

強盗頭巾たちの姿が闇に吸い込まれ、眼前から消え失せたとき、愕然《がくぜん》と立ちつくしていた安次郎たちが、おもわず顔を見合わせた。

たがいの顔を見合ったことが、安次郎たちを現実にひきもどした。

「丑松が」

「斬られた」

同時に政吉と富造が発したことばは、呻《うめ》き声に似ていた。

「骸《むくろ》をあらためよう」

走った安次郎に、ふたりがつづいた。

膝《ひざ》を折って丑松の骸をのぞき込んだ安次郎が眉《まゆ》をひそめた。

「こいつは、ひでえや。切り口からみて最初の一太刀で丑松は息絶えていたはずだ。二度、三度、四度と念には念を入れて止《とど》めを刺した。おれには、そうとしかおもえねえ」

安次郎の傍らで膝を折った政吉と富造が顔をしかめて見つめている。

「丑松の奴、深川の茶屋の男衆が訪ねてくるかもしれねえ。そのときは教えてくれ、と扇屋の男衆から頼まれた、といっていたな。吉原へ出入りしている女衒たちには扇屋から触れが回っている。そう考えたほうがよさそうだ」

「鞘番所へもどって主人《あるじ》に成り行きを話し、知恵を借りたほうがいいんじゃねえかと」

横から政吉が声を上げた。

「おれも吉原の仕切りがどうなっているか、扇屋がどんな気質の野郎か、よくわからねえ。そうしたほうがよさそうだな」

裾《すそ》を払って立ち上がった安次郎に富造が訊いた。

「丑松の骸は、どう始末しやしょう」

「このままにしとこう。朝になれば、誰かが骸を見かけて自身番へ届け出るだろうさ。知らせを受けたら自身番の番人が出張って骸を片づけるだろう。おれたちには、半月しか時がないんだ。できるだけ無駄な動きはしないほうがいいんじゃねえかい」

立ち上がって政吉と富造が顎《あご》を引いた。

深川鞘番所にもどった安次郎たちは、その足で牢屋へ向かった。

やってきた三人に気づいて藤右衛門が牢のなかから顔を向けた。

気がせくのか政吉と富造が牢格子に走り寄った。

牢格子の前で片膝をついた政吉と富造に藤右衛門が声をかけた。

「何かあったようだな。顔つきが険《けわ》しい。いつもいってるだろう。何があっても、顔に出しちゃならねえと」

苦笑いして政吉が応えた。

「女衒の丑松という野郎から虚仮《こけ》にされやして。もっとも、丑松は、少し前に強盗頭巾たちに斬り殺されました」

「斬られた、だと。強盗頭巾たちを誰が差し向けたか見当はついているのか」

政吉たちとならんで膝を折った安次郎が応えた。

「丑松は、扇屋へあっしらがやって来たことを知らせにいったんでさ。あっしらとは明日の昼頃、一緒に扇屋へ出向き、いつ出てくるかわからねえが、姿をみせたら五左衛門の顔をあっしらに教える、という取り決めをしたんですが、丑松には端《はな》から、その取り決めを守る気はなかったようで。あっしらが引き上げた頃合いを見計らって、丑松が住まいから出てきた。あっしらが張り込んでいることも、つけられていることにも気づかず向かった先が扇屋だったというわけでして」

「張り込んだのは、丑松の様子にどこか腑に落ちないところがあったからだね」

「勘てやつですがね。大滝の旦那と違って、あっしの勘働きは当たり外れが五分五分といったところでして」

「丑松にかんしては、当たりの五分に入ったわけだね」

笑みをたたえて藤右衛門がいった。口調を変えて、独り言のようにことばを重ねた。

「扇屋へやってきた丑松を尾行してきた者がいるかもしれないと疑った扇屋は、引き上げた丑松を強盗頭巾たちにつけさせた」

そのことばを安次郎が引き継いだ。

「途中であっしはつけてくる者がいるような気がしやした。が、その気配は、すぐに消えてしまいやした。それで尾行はない、と決めつけてしまったという次第で。何にしても丑松が住まいに入ったら押し込むしかなくなる。それより、人目につきにくいあたりで脅しあげて聞き出せることはすべて聞きだそうと、浅草田圃《たんぼ》のはずれで丑松に襲いかかりやした。取り押さえて脅しあげていたところへ刀を抜いた強盗頭巾たちが現れ出たというわけでして」

横から富造が口をはさんだ。

「最初は狙われていると勘違いして迎え撃つ気で身構えましたが、強盗頭巾たちはあっしらには眼もくれず丑松を斬り刻んで、そのまま闇のなかに走り去っていきやした」

「強盗頭巾たちは、丑松の口を封じたのだ」

低いが藤右衛門のことばには断じる強さが籠もっていた。安次郎が応じた。

「あっしも、そうおもいやす。扇屋は出入りの女衒たちに、深川の岡場所にかかわる者がやってきたら、持ちかけてきた話のなかみや気づいたことを教えてくれ、と触れをまわしています。今後は吉原と商いする女衒たちにあたっても、手助けはしてくれないだろう、とおもっておりやす」

うむ、と唸って藤右衛門が空を見据えた。

しばしの間があった。

誰に聞かせるともなく藤右衛門がつぶやいた。

「推量どおりだ。与力、岡部吟二郎が乗り込んできて難癖をつけてきた今度の一件、吉原の、惣名主の扇屋五左衛門が悪巧みに加担しているに違いない。扇屋の狙いは、多数の女がただで手に入る怪動のほかには考えられない」

「怪動」

「そいつは大変だ」

ほとんど同時に声を上げ、政吉と富造が顔を見合わせた。

「政吉、富造、猪之吉に怪動があるかもしれない。備えておけ、とつたえるのだ。わしは、おまえたちから話を聞いても、知恵を出すぐらいのことはできるが、成り行き次第で変わっていく探索ごとの指図はできない。牢に閉じこめられて身動きができない躰だからな。今後は、大滝さまや安次郎さんから受ける指図にしたがって動くのだ。いいな。このことは、探索にかかわる男衆みんなに徹底するのだ」

「わかりやした」

「そうしやす」

緊迫をみなぎらせて政吉と富造が顎を引いた。

そんなやりとりに口をはさむことなく安次郎が聞き入っている。

二

夜廻りから深川大番屋へ帰ってきた錬蔵は、前原とともに自分の長屋へ向かった。安次郎がもどっていたら三人で、向後の探索の段取りを話し合うつもりでいる。

長屋からは明かりが漏れていた。安次郎は帰っているのだろう。

表戸を開けて足を踏み入れた錬蔵が動きを止めた。

土間からつづく板敷きの間に安次郎のほかに、いるはずのない政吉と富造が坐っていたからだ。

上がり端に歩み寄りながら錬蔵が声をかけた。

「何か起こったようだな」

坐りなおして安次郎が応えた。

「扇屋から吉原出入りの女衒たちに触れがまわっておりやした」

「扇屋から触れが」

訝《いぶか》しさを押し殺した錬蔵の物言いだった。

「御支配、手回しがよすぎませんか」

問いかけた前原に、錬蔵が無言でうなずきかえした。

板敷きの間に上がった錬蔵と前原は安次郎たちと向かい合って坐った。

「話を聞かせてくれ」

「あっしと政吉、富造の三人は女衒たちの聞き込みに出かけやした。最初に出向いた仙三という女衒は旅に出て留守でした。ふたりめは岡場所だけではなく吉原の置屋、茶屋とも商いをしている丑松という女衒でして」

表戸をあけて顔を出した丑松と話をし、明日の昼頃にもう一度、住まいを訪ね、その足で吉原へ出向き、扇屋五左衛門の顔を教えてもらう、という約束をして引き上げたこと、丑松の様子に気がかりなものがあったので近くに張り込んだこと、勘が的中し、丑松が出てきたので後をつけたら吉原の扇屋へ入っていったこと、扇屋から出てきた丑松に襲いかかり責めにかけて洗いざらい喋らせようとしたこと、扇屋から尾行してきたとおもわれる強盗頭巾の一群に斬りかかられ迎え撃とうとしたが、強盗頭巾たちの狙いは丑松だったらしく、安次郎たちには見向きもせず、丑松を斬殺して逃げ去ったことなどを、安次郎は錬蔵と前原に、かいつまんで話して聞かせた。

「丑松の口を封じたか」

独り言のように錬蔵がつぶやいた。

黙り込んだ錬蔵を一同が黙然と見つめている。

わずかの間があった。

顔を向けて錬蔵が問いかけた。

「政吉、知らせを聞いて藤右衛門は何といっていた」

「与力、岡部吟二郎が乗り込んできて難癖をつけてきた今度の一件、吉原の惣名主、扇屋五左衛門が悪巧みに加担しているに違いない。扇屋の狙いは、女がただで手に入る怪動だろう。今後は大滝さまと安次郎さんの指図にしたがって動け、と申しておりやした」

「そうか。安次郎はともかく、おれは遊里の裏を知らぬ。そのあたりを探る手立ては藤右衛門の知恵を借りるしかない、とおもっていたのだ。藤右衛門同様、深川の岡場所と吉原のことにはくわしい政吉と富造を、配下同然に使わせてもらえるとはありがたい話だ。存分に働いてもらうぞ」

「こき使ってくだせえ」

「あっしも同じおもいで」

相次いで政吉と富造が声を上げた。

「夜も更けた。雑魚寝《ざこね》になるが長屋に泊まっていけ」

笑みをたたえて錬蔵が声をかけた。

「てまえ、主人から猪之吉兄哥《あにい》への伝言を頼まれておりやす。今夜は引き上げやす」

申し訳なさそうに政吉がいい、頭を下げた。富造がならった。


長屋から引き上げる政吉と富造を表戸の前で見送った後、錬蔵と安次郎、前原は板敷の間へもどり、円坐になった。

坐るなり安次郎が口を開いた。

「大滝の旦那、政吉たちは口をつぐんでいましたが、藤右衛門親方から頼まれた猪之吉への伝言は、怪動があるかもしれない、備えておけ、というなかみですぜ」

「どうやら藤右衛門は、怪動があるかもしれぬ、と本気で考えているようだな」

応えた錬蔵に前原が横から声をかけた。

「七場所など岡場所が点在する深川で、もっとも恐れられているのが怪動です。女たちをすべて引っ捕らえられたら、深川の遊所は火が消えたようになるのはあきらか。富岡八幡宮や永代寺などの寺社へ参詣する客たちだけでは深川は一気にさびれていくでしょう。そのことを百も承知しているのが藤右衛門です。万が一のことを考えて手を打っておく。深川の顔役と評される藤右衛門らしい動き。私には、そうおもえますが」

「前原のいうとおりだ。常に最悪の事態に備える。その信条が、今日の河水の藤右衛門を築きあげたのかもしれぬ」

無言で安次郎と前原がうなずいた。

ふたりを見やって錬蔵がことばを重ねた。

「安次郎から、つけてきたとおもわれる強盗頭巾たちに丑松が斬られたと聞いたときにおもいついた策があってな。それを、明日、やってみようと考えているのだ」

身を乗り出して安次郎が訊いてきた。

「何をやらかそうというんで」

見つめる前原の眼が、錬蔵の発することばを待っている、と告げている。

「明日の昼頃、おれと安次郎で吉原の扇屋に乗り込む。前原は、おれたちから少し遅れてついてきて扇屋の前で待つ。おれが策を弄《ろう》して五左衛門を見世の外へ連れ出すから、扇屋の顔を瞼にしっかりと焼きつけておいてもらいたい」

「顔を覚えて、張り込む。そういうことですね」

「おもしれえ。これで、やっと扇屋五左衛門の顔が拝めるわけだ」

相次いで前原と安次郎が応えた。

「揺さぶりをかけたら扇屋五左衛門は動きだすはずだ。どんな手立てでやり返してくるか、楽しみだ」

不敵な笑みを錬蔵が浮かべた。

三

翌朝、錬蔵は用部屋で、見廻りに出かける前の、松倉と八木から昨日の復申を受けた。どうやら昼の間は、深川はいつもと変わらぬ様子らしい。

四つ（午前十時）を過ぎた頃、溝口と小幡が昨夜の見廻りの結果を復申しに用部屋へ現れた。辻斬りとは出くわさなかったし、いまのところ自身番から辻斬りが出たとの知らせはない、といって溝口が一膝すすめた。

「小幡とは見方が違うのですが、私は、もう辻斬りは出ないのではないか、と推量しているのですが」

ちらり、と錬蔵が小幡を見やった。小幡はうつむいている。深川大番屋の同心たちのなかで、もっとも年若な小幡は、ほかの同心たちと意見が合わぬときには黙り込むか、うつむいていることが多い。錬蔵は、探索をすすめていくのに必要不可欠な推断力は、同心たちのなかでは小幡が抜きんでて優れているとおもっていた。

様子からみて小幡が、辻斬りは必ず出没する、と見立てていることは明らかだった。

「油断はできぬ。おれが仲間ふたりを斬り捨てたことで怖《お》じ気づいた残るひとりの辻斬りは、もう現れることはないだろう、と溝口は考えているようだが、それは違う。辻斬りは深川大番屋の警戒がゆるむのを、深川のどこかに潜んで、うかがっているかもしれぬのだ。当分、このまま夜廻りをつづける。わかったな」

「それは、しかし」

不満げに首を捻った溝口に、

「わかったな」

念を押すように錬蔵が告げた。

「承知しました」

浮かぬ顔つきで溝口が応じた。

渋面をつくったままの溝口と、ふだんとかわらぬ小幡が用部屋から引き上げていった後、錬蔵は文机に向かった。

まだ処理していない届出書に眼を通す。とくに返書をしたためねばならぬような書付はなかった。

届出書をあらため終わった錬蔵は、文机の端に置いた。立ち上がり、刀架にかけた大刀を手に取った。

用部屋を出た錬蔵は、牢屋へ向かった。

牢屋に入ると壁際で胡座《あぐら》をかいている藤右衛門が見えた。

歩み寄ると錬蔵に気づいたのか藤右衛門が立ち上がり、牢格子のそばに来て坐った。

「何か、ありましたか」

問いかけてきた藤右衛門に、膝を折って目線を合わせた錬蔵が応えた。

「これから吉原へ出向く。扇屋へ乗り込み、丑松殺しを種に五左衛門に聞き込みをかける。安次郎と前原を連れていく」

「それは、おもいきったことを。釈迦に説法でございますが、吉原は町奉行所の支配の及ばぬところと承知の上で乗り込まれるのですか」

「承知の上だ」

うむ、とうなずいた藤右衛門が錬蔵を見つめた。

「扇屋五左衛門は策謀好きの男という噂が耳に入っております。策士策におぼれる、の譬《たと》えどおり、仕掛けられたら仕掛け返さずにはおかぬ強気な質、との陰口も漏れつたわっています。扇屋のような輩《やから》を相手にするときには、存外、いきなり乗り込むのも、いい手かもしれませぬな」

「藪をつついて蛇を出す、の譬えもあるからな。藤右衛門から聞いた扇屋五左衛門の気性、参考になった」

「もうひとつ、五左衛門にまつわる噂話を聞いていただきます」

「どんな噂だ」

「吉原の、先代の惣名主は病にて急死したことになっていますが、ほんとうのところは扇屋が何らかの手立てを尽くして毒殺した、とまことしやかに陰でいいたてる者がいるそうでして。ほんとうかどうか何の証もないこと、よくわかりませぬが、先代が死んだときには、吉原の大きな茶屋の主人たちには、しっかりと根回しができていて扇屋が次の惣名主になることが決まっていた、という話です」

「狙ったものを手に入れるまでは手段を選ばぬ男、それが扇屋五左衛門か」

「あくまでも噂です。が、たんなる噂にすぎなくとも知らないより知っているほうがましというもの」

「たしかに」

立ち上がって錬蔵がことばを重ねた。

「不自由があったら遠慮なく小者にいってくれ」

「お心づかい、ありがたく頂戴いたします」

深々と藤右衛門が頭を下げた。

四

夜には明かりを点した誰《た》そや行燈がつらなり、建ちならぶ茶屋などの見世見世に掲げられた無数の提灯や軒行燈と華やかさを競いあう仲の町の通りも、きらめく陽光が照りつける真昼の頃合いには、薄明かりのなかで垣間見たきらびやかさを偲《しの》ぶしかない、化粧のはげた花魁《おいらん》のような、白茶けた様相を呈していた。

五十間道を来て大門をくぐり抜けた錬蔵と安次郎は、仲の町の通りを悠然とした足取りで歩いていく。数十歩遅れて、前原が歩みをすすめていた。いつも袴を身につけている前原だが、この日は小袖を着流した、いかにも浪人然とした出で立ちであった。

昨夜、やってきた道筋である。迷うことなく扇屋の前に立って安次郎は足を止めた。振り向いて、声をかける。

「旦那、着きやしたぜ」

扇屋の見世構えをしげしげと見上げた錬蔵が、おもわず声を上げた。

「さすがに惣名主がやっている茶屋だ。豪勢な造りだな」

「深川一の茶屋と評判の河水楼も、悔しいけど、ほんの少しだが、豪華さでは負けてますね」

「江戸一番の色里、不夜城と呼ばれている吉原と岡場所の深川を比べることもなかろう。深川には、深川の良さがある。芸者衆、男衆の気っ風の良さと情味は、ほかの遊里にはないものだ。少なくとも、おれは、そうおもっている」

「嬉しいことをいってくれるじゃねえですか。深川で生まれ育ったあっしにしかわからねえことだ、とつねづね諦め半分でいたことを、旦那が口にしてくれる。旦那は、藤右衛門親方やあっしみてえな、本物の、深川っ子になってきやしたね」

「おれは深川が好きなのだ。事の善悪はともかく、その日その日を、自分の持ちうる、すべての力を振り絞って、必死に生きようとしている者たちが住み暮らす、いまの深川が好きなのだ。躰を売ることしかできぬ女。腕力にしか頼れぬならず者。岡場所という、御法度《ごはっと》の埒外《らちがい》にある色里の点在する深川の見世見世に雇われ、かかわることで日々のたつきを得ている者たちが、泣いたり笑ったり、わずかなことで喜んだり悲しんだりしながら行き来している町、それが深川だ。おれは、おれの命のあるかぎり、いまの深川を守りつづけると決めている」

「旦那、あっしだって、深川を、いまの深川の暮らしを命がけで守りやすぜ。誰にも指一本、触れさせるもんじゃありやせん」

「まずは扇屋の面《つら》を拝むことだ。出たとこ勝負の成り行きまかせ、上手に口裏を合わせてくれよ」

「旦那、あっしは口が商いの道具だった男ですぜ。伊達《だて》に男芸者の修業は積んでませんや」

にやり、とした錬蔵が、

「行くぞ」

と安次郎に声をかけ、開けっ放しの表戸にかけられた、扇屋との文字が染め抜かれた暖簾《のれん》をかきわけた。

土間に足を踏み入れた、着流し巻羽織という、いかにも町方同心という出で立ちの錬蔵に気づいて、内所前に設けられた帳場に坐っていた四十がらみの男衆が立ち上がった。

廊下の上がり端まで早足で歩いてきた男衆が坐って、錬蔵に声をかけてきた。

「ご苦労さまでございます。吉原は町奉行所の支配が及ばぬところ、それをご存じでいらしたところをみると、よほど急ぎの一件ということでございましょうか」

「内々で済ませようとしてやってきたつもりだが、しかるべき手続きを踏んで、あらためて顔を出したほうがよいか。それが望みなら、そうしてもよいが。もっとも事が公になれば何かと面倒なことにもなりかねぬがな」

「それは」

困惑が男衆の顔にみえた。

「主人の五左衛門に会いたい。女衒の丑松殺しの一件で深川大番屋支配にして北町奉行所与力、大滝錬蔵が直々、出張ってきたと五左衛門につたえよ。昼下がりの刻限、帳場の奥の内所に五左衛門はいるはずだ」

「女衒の丑松が殺されたのでございますか。丑松は当家出入りの女衒、大変なことになりました。すぐ主人に取り次ぎます」

立ち上がった男衆が小走りで内所へ向かった。

もどってきた男衆が腰をかがめ、

「主人が、会うといっております。内所へご案内いたします。お上がりくださいませ」

「手間をかけたな」

声をかけた錬蔵が上がり端に足をかけた。安次郎がつづいた。

内所の下座で扇屋五左衛門は待っていた。上座に錬蔵が、その脇に安次郎が腰をおろした。

ふたりが坐るのを見届けて扇屋が声をかけてきた。

「女衒の丑松が何者かに殺されたと聞きましたが、まことでございましょうか」

「そうだ」

応じた錬蔵に扇屋が問いをかさねた。

「丑松は昨夜、見世に顔を出しましたが、襲われたのは、その帰り道ということになりますな」

「ここに控える、おれの手先の安次郎が丑松が殺されるところに居合わせている」

顔を向けて、扇屋が訊いた。

「安次郎さんは丑松が殺されたところに。たまたま居合わせたのですか」

ちらり、と錬蔵を見やった。錬蔵は気づかぬ風を装って、じっと扇屋を見据えている。

「いま仕掛かっている一件で丑松に疑いがかかっているんだ。で、深川の茶屋、河水楼の、丑松の顔を知っている男衆ふたりと一緒に丑松を見張っていたのさ。そしたら、夜、丑松が出かけた。行き着いた先は扇屋、つまり、ここだったってわけよ。で、ここから出てきた丑松をつけていき、頃合いを見計らって、奴に聞き込みをかけた。しらばっくれるんで手荒い訊き方になったとおもいねえ。野郎が怯えて、甲高い声を上げたとき、強盗頭巾をかぶって顔を隠した浪人が刀を抜いて闇のなかから飛び出してきて、丑松を滅多斬りにして消え去ったんだ」

「強盗頭巾たちは安次郎さんたちには手を出さなかったんで」

「端から丑松が狙いだったようだ。おれたちには眼もくれなかったぜ」

「まさしく命拾い。拾った命は、大事にしなきゃいけませんよ」

揶揄《やゆ》したものが扇屋の発した音骨に含まれていた。

横から錬蔵が声を上げた。

「まさしく扇屋のいうとおりだ。拾った命だ。向後、無茶はならぬぞ」

「肝に銘じておきやす」

神妙な顔つきで安次郎が応えた。

顔を向けて錬蔵が訊いた。

「ところで扇屋、殺される直前に丑松が、偉そうにわめき立てたことばがあるそうだ。安次郎と同行していたふたりも、そのことばを耳にしている」

目線を投げて錬蔵がことばを重ねた。

「そうだったな、安次郎」

「その通りで。あっしの両の耳で、たしかに聞いておりやす」

眉ひとつ動かすことなく扇屋が問いかけた。

「丑松は、何とわめいたのでございます」

「気になるかい、扇屋さん」

探る眼で見やって安次郎がつづけた。

「丑松は、こう、いったのさ。どんなことがあっても守ってやる。これからも深川の奴らがやって来るに違いねえ。そのときは逐一、知らせてくれ、と扇屋さんからいわれているんだ。十手風を吹かせたって、痛くもかゆくもねえや、とな」

口をはさんで錬蔵が告げた。

「丑松は、こうもいったそうだ。今朝方、扇屋の男衆がやって来て、深川の茶屋の男衆が訪ねてくるかもしれねえ、そのときは、どんな話をしたか、訪ねてきたのはどこの誰か教えてくれ、酒代ぐらいははずむぜ、といわれたんだ、ともな。扇屋、まさか商いで出入りしている女衒たちに、深川の茶屋の男衆が訪ねてきたら逐一、知らせてくれ、と触れを回したんじゃないだろうな」

「触れを回すどころか、男衆を丑松のところへ使いに出したこともありません。まったく身に覚えのないことでございます」

応えた扇屋の表情には、わずかの変容もなかった。

「そうだろうな。吉原の惣名主、扇屋五左衛門ともあろうものが、そのような小細工めいたことをするはずがない。おれは端から、そうおもっていたのだ」

「旦那」

度肝を抜かれた顔つきで安次郎が錬蔵を見つめた。

探る眼差しで扇屋が錬蔵を見つめている。

身を乗り出すようにして錬蔵が扇屋を見据えた。

「だがな、扇屋、火のないところに煙は立たぬ、というぞ。吉原と深川の間に、くすぶっている火種めいたものがあるのではないか」

「それは」

「あったら教えてくれ。実のところ、困るのだ。おれは深川大番屋支配という役職にある身、深川と吉原が諍《いさか》いを起こしたら、おおいに困るのだよ。江戸に数ある岡場所のなかでも深川が一番の色里と評判をとっている。公に認められた色里の吉原にしてみれば気分が悪かろう。岡場所は公には認められていない、いわば、もぐりの色里。公然の秘密とはいえ、いわば御法度破りの色里だ。その岡場所の深川が、天下の吉原と並び称される、惣名主の扇屋ならずとも吉原の楼主たちはみんな、いい気分でいられるはずがない。それは、おれにも、よくわかる。だから訊くのだ。火種はほんとうにないのだな」

「そんなもの、どこにもありません。吉原も、深川をはじめとする岡場所も、女の色香と遊びを売る遊所、いわば同業の仲間でございます。諍いなど、あろうはずが」

「ない、といい切れるか、扇屋」

「ありません」

「そうか。ない、といい切るか」

うむ、と首をひねって錬蔵が、さらに問いかけた。

「となると扇屋、丑松はなぜ、安次郎が耳にしたような作り話をしたのであろうな」

「わかりませぬ。女衒は、女を売り買いする稼業、なかには舌先三寸、その場限りの戯言《たわごと》を口走る者もおります。おそらく丑松も、その場限りの戯言をわめき立てたのではないかと」

「そうか、戯言をな」

眼を向けて錬蔵がことばを重ねた。

「安次郎、聞いてのとおりだ。丑松は戯言をいいたてたのかもしれぬな」

「そうかもしれやせん。よくある話で」

「扇屋、話はよくわかった。忙しいところを手間をとらせたな。これで引き上げる。ところで、手間のとらせついでに見世の表まで送ってくれぬか。おれも深川大番屋支配の役職にある身、世間の眼もある。それなりに格好をつけたいのだ。わかるな、扇屋」

「お安いご用で。見世の前で見送らせていただきます」

笑みをたたえて扇屋が頭を下げた。

五

扇屋の見世の前で錬蔵と安次郎を見送っている男がいる。値の張りそうな小袖を身につけ、羽織を羽織って、男衆数人をしたがえていた。

おそらく、あ奴が扇屋五左衛門、そう判じて前原は眼をこらした。扇屋の顔を瞼の奥底に焼き付けようとするかのような動きだった。

扇屋の見世の近くの誰そや行燈に寄りかからんばかりにして、前原は立っている。遠ざかっていく錬蔵と安次郎の後ろ姿が数軒先の茶屋にさしかかったあたりで扇屋は見送りを打ち切って、見世のなかへ入っていった。

その後ろ姿が見世の奥に消えるまで前原は見つめていた。横を向いたり、首をゆっくりと回したりしながら誰そや行燈のそばにたたずんでいる前原の姿は、傍目《はため》には閑《ひま》を持てあまして吉原に女郎たちを冷やかしに来た貧乏浪人にしか見えない。

扇屋が見えなくなったのをきっかけに前原は懐手をして、のんびりとした足取りで歩き出した。籬《まがき》のなかをのぞき込みながら、仲の町の通りを突き当たりの水道尻近くにある秋葉常燈明《あきばじようとうみよう》あたりまで歩いていく。

まだ八つ（午後二時）を過ぎたばかりだというのに、仲の町の通りには、ぶらついている男たちの姿が多数見受けられた。

遊び人風の者たちもいれば、仕事にあぶれたのか日傭人らしき者や職人風、しくじりをして辞めさせられたのか手代風の男たちの姿もある。前原と似たような格好の浪人たちもあちこちにいた。そのことは、張り込む前原にとって都合のいいことだった。ある意味で前原は、吉原の光景に溶け込んだ目立たぬ存在となっていた。

張り込みだしてから半刻（一時間）ほど過ぎた頃、扇屋から四十がらみの男衆が出てきた。五左衛門にしたがって錬蔵たちを見送っていた男衆のひとりだった。

手ぶらで大門へ向かって歩いていく。まっすぐに前だけを見ていた。行く先が決まっている歩き方だと前原はおもった。気になった前原は男衆をつけていった。

男衆が大門を通り抜け、五十間道を衣紋坂へ向かって歩いていくのを見届けたところで、前原は尾行するのを止めた。

男衆をつけている間に扇屋が出かけるかもしれない、とおもい直したからだった。

仲の町の通りを行き来しながら見張っていると、出かけて一刻（二時間）ほど経ってから男衆が帰ってきた。

動きがあったのは暮六つ（午後六時）を告げる時の鐘が風に乗って響いて来た頃だった。

見世から扇屋五左衛門が出てきたのだ。昼間と同じ出で立ちだし、供を連れていないところを見ると、近くへ出かけるのかもしれない。そうおもいながら前原がつけていくと、大門から出たところで扇屋は、近くで客待ちをしていた辻駕籠《かご》に乗り込んだ。辻駕籠は衣紋坂を上り、見返り柳を右へ折れて、日本堤《にほんづつみ》をすすんでいく。誰かと待ち合わせているのかもしれない。前原は扇屋の乗った辻駕籠をつけていった。

扇屋が駕籠に乗ってくれたのは尾行する前原にとっては好都合だった。

客を乗せ駕籠を担いで走るのが駕籠舁《かき》の稼業である。ただ客の指図した行き先に向かってひた走るのが駕籠舁の習性といえた。走ることに集中している駕籠舁が、後ろを振り返ることはまずない。

日本堤の両側には葦簀張りの水茶屋が建ちならんでいる。

茶汲《く》み女目当ての客で繁盛している水茶屋があるかとおもえば、ひとりも客がいない水茶屋もあった。おそらく看板となる美形の茶汲み女がいないのだろう。あまりに違いすぎる水茶屋の様子を横目に見る余裕がある尾行など、めったにあるものではない。が、この油断がおもわぬ落とし穴に落ちる因《もと》となるのだ。前原は、そう自分に言い聞かせた。

変わらぬ歩調で扇屋を乗せた駕籠はすすんでいく。

見失わないように前原はついていった。

山谷堀《さんや》が見えてきた。多数の猪牙舟《ちょき》が岸辺に舫《もや》ってある。

吉原へ遊びに行く分限者は、柳橋《やなぎばし》や近辺の神田川沿いの船宿から猪牙舟に乗って、日本堤の起点にあたる山谷堀の岸辺まで水路を行き、船着き場のそばで客を待っている辻駕籠に乗って繰り込むことが多かった。

ひょっとして扇屋は駕籠から降りて猪牙舟に乗り込むつもりではないのか。前原は不吉な予感にかられた。

その予感は、的中した。

辻駕籠から降り立った扇屋は岸辺をゆっくりと歩いていく。

舫ってある猪牙舟に乗ったまま、乗せて来た客が帰って来るのを待っている、顔見知りの船頭がいないかどうか探しているようだった。

数艘ほど歩みをすすめたところで、扇屋が足を止めた。

船板に坐り、煙管《キセル》を口にくわえている船頭に何やら声をかけている。

煙管を煙草入れにしまいながら船頭が立ち上がった。どうやら話がついたらしい。猪牙舟に乗り込む扇屋を前にして前原は、どうすべきか、迷っていた。停泊している猪牙舟の船頭のなかには、扇屋の顔を見知っている者もいるはずだった。

舟を出してくれ。いま大店の主人風の乗った猪牙舟をつけてほしいのだ、と声をかけた相手が扇屋五左衛門の顔見知りだったら、どうなるだろう。おそらく、その船頭は扇屋に、旦那の後をつけようとしていた浪人がいた、とご注進するに違いない。何といっても扇屋は吉原の惣名主なのだ。たとえ、深川大番屋の手先だ、御用の筋だ、と正体を明かしても、おれより扇屋に取り入ったほうが、ずっと得になるはずだと誰もがおもうに違いない。いずれにしても張り込みをつづけるためには、おれの正体をさらすわけにはいかない。おれの正体を扇屋に知られたら、張り込みどころか、下手をすれば刺客屋を差し向けられる恐れもある。

さまざまな思惑が前原のなかで浮かび、消えては、さらに浮かんで交錯した。躊躇《ちゅうちょ》した前原の眼に、遠ざかっていく扇屋が乗り込んだ猪牙舟が映っている。

その猪牙舟が見えなくなるまで、前原はその場に立ちつくしていた。

後は扇屋が帰ってくるのを待つしか手はない。そうおもい直した前原は日本堤を吉原へ向かって歩き出した。

町奉行所の隠密廻りの与力と同心が出張って詰める面番所では、四つ（午後十時）と九つ（午前零時）に時を告げる拍子木を打つことになっている。四つの拍子木がならされたら遊女の張見世が終わると、町奉行所と吉原の間で取り決められていた。

が、それでは吉原の商売に支障が出る。

楼主たちと面番所の与力が話し合った結果、浅草寺の時の鐘が四つを告げても吉原では四つの拍子木を打たず、九つの鐘の音を聞いて、はじめて四つの拍子木を打ち、間をおくことなく九つの拍子木を打つことになっていた。

袖見世だけではない。吉原では四つで大門を閉め、夜明けになると開けていた。正式には四つがすぎた後の深更の出入りは、袖門との取り決めがあった。

が、吉原で四つに大門が閉められることはなかった。

〈吉原は拍子木までがうそをつき〉

と川柳にあるように、大門が閉まるのも浅草寺の鐘が九つを告げた後であった。

そんな四つの拍子木が打ち鳴らされたときに、扇屋五左衛門は見世に帰ってきた。

もはや深更、これから扇屋五左衛門が出かけることはあるまい。そう判断した前原は扇屋に、ちらり、と眼を走らせ、踵を返した。

誰そや行燈には、まだ明々と明かりが点り、茶屋の軒行燈や提灯の明かりも、変わらぬ光を放っていた。

吉原から引き上げていく前原の背中を、それらの燈火が照らしつづけている。

四章　千変万化《せんぺんばんか》

一

夜廻りを終えて錬蔵と安次郎が深川大番屋へ帰ってきたときには、すでに夜の八つ（午前二時）を過ぎていた。

門番所の物見窓越しに安次郎が、

「安次郎だ。御支配と一緒だ。潜り口を開けてくれ」

「すぐ開けます」

なかから門番が応え、門番所の表戸が開け閉めされる音が聞こえた。

潜り口の扉が開けられた。足を踏み入れた錬蔵の顔に驚きが浮いた。

「動きがあったのだな」

扉の向こうに立っていたのは前原だった。顔が強張《こわば》っている。

「扇屋が出かけました。まずは御支配に復申せねばと門番所で待っておりました」

「長屋で待っておればいいのに」

「御支配の留守中に長屋に上がり込むのは、礼を失するような気がしたものですから」

「つまらぬ遠慮はせぬことだ。話は長屋で聞こう」

歩き出した錬蔵に前原と、潜り口の扉を閉めた安次郎がつづいた。

長屋へもどった錬蔵は、前原、安次郎と板敷の間で円座を組んだ。

坐るなり前原が口を開いた。

「暮六つ（午後六時）過ぎに扇屋が出かけました」

大門の前で客を待っていた駕籠舁《かごかき》に声をかけ町駕籠に乗った扇屋は、五十間道から日本堤へ出、山谷堀の岸辺で町駕籠を降りた。土手に下りた扇屋は、水辺に舫《もや》われた猪牙舟《ちょき》を、かたっぱしからのぞき込んで数艘ほど船頭の顔をあらためていたが、やがて顔見知りを見つけたらしく、ことばをかわし、乗り込んだ。

「『扇屋の乗り込んだ猪牙舟をつけてくれ』と声をかけようとおもいましたが、吉原の惣名主の扇屋のことを知っている船頭は多いはずだと考えて、声をかけるのはやめました」

ことばを切った前原に、口をはさむことなく聞き入っていた錬蔵が問うた。

「万が一、声をかけた船頭が扇屋の知り合いだったら、後で『旦那をつけていた浪人がいましたぜ』と扇屋に知らせるかもしれない。そうなったら張り込みが難しくなる、と判断したのだな」

「そうです。が、いま考えると後をつけるべきではなかったか、と後悔しています。当分の間、扇屋はどこにも出かけないかもしれません。つけていれば、少なくとも、どこへ行ったかぐらいは突き止められたはずです」

「つけなくてよかったのだ」

「しかし」

「藤右衛門が危惧しているように、扇屋が岡部吟二郎と組んで怪動を企んでいるとすれば、近いうちに必ず出かける。そのときにつければいいのだ」

「猪牙舟に乗り込まれたら、岸辺に舫われた猪牙舟の船頭に声をかけるしかありませんが」

「藤右衛門に、懇意にしている船宿を仲立ちしてもらおう。昼の九つ（午後零時）過ぎから四つ（午後十時）まで、山谷堀に船宿から猪牙舟を出してもらって、事あるときに備えて待ちうけてもらうのだ」

「それでは明日にでも藤右衛門に頼んで船宿を仲介してもらい、訪ねていくことにします」

横から安次郎が声をかけた。

「船宿には、あっしもご一緒しやしょう。藤右衛門親方の仲立ちだ。船宿の主人も、いい加減な扱いはしないでしょうが、船頭には一癖ある連中が多い。前原さんひとりで品定めするより、あっしとふたりで船頭選びをしたほうが、何かと役に立つ奴を選び出せるんじゃねえかと」

「そうしてくれるとありがたい。一見よさそうにみえても、いざ動かしてみると見当外れということが、ままあるからな」

応じた前原に錬蔵が、

「話は決まった。藤右衛門には、おれから頼む。ふたりとも、つきあってくれ」

「承知しました」

「わかりやした」

ほとんど同時に前原と安次郎が声を上げた。

翌朝、二刻（四時間）ほど仮眠をとった錬蔵、前原と安次郎は昨日の朝に炊いてお櫃《ひつ》に入れていた冷や飯、根深汁、香の物といった朝餉をとり、ともに牢屋へ向かった。

　牢に入ると、壁に背をもたせかけ、眼を閉じていた藤右衛門が錬蔵たちに気づいて眼を向けた。

　立ち上がった藤右衛門が牢格子のそばに来て、坐った。

「扇屋が動きましたか」

　牢の前に錬蔵たちが向き合って膝を折るのを待ちかねたように、藤右衛門が声をかけてきた。

「動いた」

「やはり、動きましたか。怪動を仕掛けるとすれば、一気呵成《いっきかせい》に事をすすめるはず。そう私は推量していますが」

「前原が張り込んでいたが、扇屋に山谷堀で猪牙舟に乗り込まれ、そこで尾行をあきらめざるをえなかった」

　ちらり、と藤右衛門が前原を見やった。前原は面目なさそうに視線を落としている。

「仕方ありますまい。日本堤に通じる山谷堀の岸辺に猪牙舟を繋いでいる船頭のなかには、扇屋五左衛門の顔を見知っている者もいるでしょう。下手に船頭に声をかけたら、扇屋に張り込んでいることを教えてやるようなもの。よりよい手立てをとられたのではないかと」

顔を上げた前原が、予測もしていなかった藤右衛門のことばに、驚きと安堵の入り交じった表情を浮かべた。

笑みをたたえて錬蔵が応じた。

「おれも、前原の判断は間違っていなかったとおもっている。このままだと、張り込んでいても猪牙舟に乗り込まれて山谷堀で尾行が途絶えてしまう。それで今日は藤右衛門に頼みがあって来たのだ」

「私で役に立つことなら何なりと仰せつけください」

「懇意にしている船宿に仲立ちしてもらいたいのだ」

「口が堅い、しっかりした心組みのある主人や船頭のいる船宿ですな」

「そうだ。昼の九つに山谷堀に行き、何事も起こらねば四つには引き上げてもらうことになる。前原が扇屋を尾行するようなことになれば、深更《しんこう》九つ（午前零時）を過ぎるかもしれぬ」

「探索の成り行き次第で夜を徹することもある。そういうことですね」

「そうだ」

空を見つめて、藤右衛門が黙り込んだ。頭のなかで、心当たりの船宿をあらためているのだろう。

うむ、とうなずいて藤右衛門が錬蔵に顔を向けた。

「神田川沿いの柳橋に信頼できる船宿があります。〈汐見《しおみ》〉という遊船宿で、主人の喜八《きはち》は、四十がらみの漁師上がり、櫓《ろ》を握らせたら天下一品の、心意気のある男です。女房がしっかり者で、亭主が数日、家をあけても船宿を立派に切り盛りできる女で」

「主人の喜八を名指しで頼もうというのか」

「それが一番いい手立てかと」

「政吉でもいれば一緒にいかせるのですが、いまの有り様では、そうもいきません。前原と安次郎を、すぐにも汐見に出向かせたいが」

筆と硯、墨に巻紙を持ってきてください。汐見までの道筋と鞘番所の探索を万難排して手伝ってくれるよう書面をしたためます」

「そうしてもらえるとありがたい。安次郎、おれの用部屋へ行き、筆と硯、墨、巻紙を持ってきてくれ」

「急いで取りそろえてきやす」

身軽に安次郎が立ち上がった。

二

藤右衛門の書いてくれた書状を懐に入れた前原と安次郎は、鞘番所を出て大川沿いにすすみ新大橋を渡って左へ折れて、河岸道を両国橋《りょうごく》へ向かって歩みをすすめた。薬研堀《やげんぼり》に架かる元柳橋を渡りきると両国広小路が広がっている。昼が過ぎたばかりだというのに、両国広小路には蕎麦《そば》や天麩羅《てんぷら》などの屋台があちこちに出ていた。

川沿いには水茶屋が建ちならび、店先で茶汲《く》み女が道行く男たちに声をかけている。屋台も水茶屋も、まばらではあったが客がいない店はなかった。

歩きながら安次郎が前原に声をかけた。

「真っ昼間から食い物の屋台が出ている。それだけでも驚きなのに、どの屋台にも客がいる。水茶屋も似たようなもんだ。深川には富岡八幡宮や永代寺などへの参詣客がいるんで、昼の間も人の往来が絶えない。で、蕎麦屋や食い物屋も、そこそこ商いになるのはわかる。が、近辺にめぼしい寺社のない両国広小路に人が出ているのは、なぜなんだろう」

「安次郎らしくないことばだな。行き来する連中の格好を見てみろ。一見して御店者《おたなもの》や職人とわかる。それも、若いのが多い。おそらく独り者だろう。御店者は所用で出かけてきた連中が昼飯を食って一休み、職人は自分じゃ飯もろくにつくらない連中じゃないのかな。このあたりには材木町《ざいもく》に通旅籠町《とおりはたご》、通油町《とおりあぶら》、小舟町《こぶな》と御店が連なる町々が広がっている。建て増しや商いを広げるための普請もあちこちでやってるはずだ。もっとも、これは、おれの勝手な推量だが」

「当たらずといえども遠からず。前原さんの見立て、そう外れてはいないような気がしやす」

両国広小路を横切って柳橋の方へ行ったところで、安次郎が声を上げた。

「ありやしたぜ、汐見が」

目線で示した先を見やって、前原が応じた。

「たしかに。通りをはさんで神田川だ。船宿にはもってこいの地の利だな」

船宿汐見は神田川が大川に流れ込む河口近く、柳原同朋町《やなぎわらどうぼう》は柳橋のたもとにあった。

表戸を開けて安次郎が声をかけると、奥から仲居が顔を出した。

「深川の河水の藤右衛門親方の口利きできた。主人に会いたい」

と安次郎がいうと仲居が奥に入り、入れ替わりに喜八が顔を出した。

板敷の上がり端に坐った喜八が、

「まずは奥の座敷へお上がりくだせえ。話はそこで」

と頭を下げた。

帳場を兼ねた奥の座敷で、安次郎と前原は喜八と向かい合って座している。

手にした藤右衛門の記した書面から顔をあげた喜八が、

「ほかならぬ藤右衛門親方の仲立ち、喜んで手伝わせていただきます。どういう段取りですすめやしょうか」

と問いかけた。

「扇屋の張り込みは私がやっている。せかせてすまぬが今日から動いてもらいたい」

身を乗り出さんばかりの前原に、

「わかりやした。すぐ支度にかかりやしょう」

笑みをたたえて喜八が応じた。

船宿汐見で前原と安次郎が喜八と話していた頃……。

深川大番屋へ政吉と富造を連れて、乗り込んできた者がいた。

岡っ引きたちをしたがえた岡部吟二郎であった。

物見窓越しに門番に声をかけ、表門の潜り口を開けさせた岡部は、

「御支配に取り次いでまいります。暫時お待ちくださいませ」

と声をかける門番に、

「北町奉行所では、大滝と同じ与力の職責にある岡部吟二郎だ。遠慮はせぬ。牢屋へまかり通る。河水楼の藤右衛門が牢に入っているかどうか、この眼であらためるのだ。案内せい」

と怒鳴りつけた。

門番所で岡部と門番とのやりとりを聞いていた別の門番が、錬蔵の用部屋へ走った。

別の門番から、岡部がただならぬ剣幕でやって来たと知らされた錬蔵が牢屋に駆けつけると、牢の前に土下座させられた政吉と富造の姿が眼に入った。ふたりの背後に十手を手にした岡っ引きと下っ引きたち三人が立っている。

牢格子をはさんで岡部が藤右衛門を鋭く見据えている。藤右衛門に、いささかも動じた様子はみえなかった。いつもと変わらぬ穏やかな眼差しで岡部を見やっている。

歩み寄って錬蔵が問いかけた。

「岡部、何をしているのだ。前にもいったが深川大番屋は御奉行から、おれが差配を任されているのだ。北町奉行所では同じ与力という役職にある貴様とおれだが、深川大番屋では、立場が違う。そのくらいのこと、わきまえているはずだが」

振り向いて岡部が吠えた。

「大滝、貴様、よくも、そんな偉そうな物言いができるな。藤右衛門は拐かしの一味ではないか、との疑いがかかっている身。その藤右衛門の見世の男衆にも、拐かしの一味がいるかもしれぬと疑うのが当たり前ではないか。それなのに貴様は、何を血迷うたか探索の手助けを頼むとは、不心得もはなはだしい。恥を知れ」

探る眼で見つめて錬蔵が告げた。

「恥のかきついでに、ひとつ、訊きたいことがある」

「何だ」

「おれが政吉と富造に探索の手助けをしてもらったと、どこの誰から聞いた」

「それは、いえぬ」

「そうか、いえぬか」

眼を政吉と富造に向けて錬蔵が問うた。

「政吉、富造。おれから頼まれた探索で動いた折り、誰に会った。すべて話すのだ。

探索の成り行きもな」

「しかし、洗いざらい話すと、何かと都合の悪いことがあるんじゃねえですか」

応えた政吉に錬蔵が、

「すべて、政吉と富造が見聞きしたことだ。都合の悪いことなどあろうはずがない。かまわぬ、話せ」

きっぱりといいきった。

「わかりやした」

応じた政吉が富造を見やった。

「政吉が話しな。おれより、口が達者だ」

硬い顔つきで富造が応えた。

「安次郎さんとあっしと富造の三人で女衒たちに聞き込みをかけようということになりやした。拐かされたお咲とお君を河水楼に売りにきた女衒の作造を探すには、女衒仲間にあたるのがいいだろう、とおもったからです」

話し始めた政吉に岡部が冷ややかな眼を向けた。

「もういい。これで、よくわかった」

「何がわかったというんで。あっしは、話し始めたばっかりですぜ」

気色ばんで政吉が問いかけた。

「藤右衛門の見世の男衆といえば聞こえはいいが、その実は、藤右衛門の手下だ。つまるところ拐かしの一味の疑いをかけられた男の手下ということになる」

顔を向けて、ことばを重ねた。

「大滝、此度《こたび》の拐かしの一件は、御奉行の耳に入れてある」

「御奉行に」

「これだけいえば、わかるはずだ。拐かしの一味と疑われている者の手下に、御用の筋を手伝わせるなどもってのほか、と御奉行は仰有《おつしや》るはず。そのこと、肝に銘じておくことだな」

「ご忠告、痛み入る」

「引き上げる。政吉と富造は、この場に残しておく。貴様の好きなように扱え」

岡っ引きたちに向かって顎をしゃくり、岡部が踵《きびす》を返した。牢屋の出入り口へ向かって歩き出す。岡っ引きたちがつづいた。

それまで錬蔵と岡部の話に耳を傾けていた藤右衛門が顔を向けた。

「大滝さま、どうなさいます」

「どうもこうもない。政吉と富造は、もう動かせまい。今日、岡部が乗り込んできたのにはふたつの目的があったからだ。ひとつは藤右衛門が、ほんとうに牢に入っているかどうか、たしかめるため。もうひとつは深川大番屋の探索に仕掛かる人手を削《そ》ぐためだ」

「おそらく河水楼やほかの私の見世にも見張りがつくでしょうな。ひとりの男衆も鞘番所に出入りさせないようにするには、その手しかありませぬ」

突然、横から富造が声を上げた。

「これじゃ、まるで達磨《だるま》さんだ。おれたちゃ手も足も出せないのかい」

「大滝の旦那、おれたちゃ、どうすりゃいいんで」

拳を握りしめて政吉が声を震わせた。

「出入りの女衒たちにつなぎをとるのだ。河水楼に女衒たちが出入りするのは当然のこと、誰も文句のつけようがない。女衒たちに作造の行方を追わせるのだ」

「そりゃあ、いい手だ。猪之吉兄哥《あにい》に相談して、すぐにも手配しやす」

身を乗りださんばかりにして政吉が応えた。

「鞘番所へのつなぎはどうしやしょう」

問いかけた富造に藤右衛門が応えた。

「お紋《もん》に動いてもらおう。お紋なら、鞘番所に足繁く出入りしても誰も疑わない。お紋が大滝さまに入れ込んでいるのは、櫓下の色里で聞き込みをかければ、すぐ耳に入ってくる噂話だ」

ちらり、と藤右衛門が錬蔵に目線を走らせた。

「お紋か。それも、ひとつの手立てかもしれぬ。しかし」

うむ、と錬蔵が首を傾げた。とまどいが、錬蔵の顔にみえる。

「政吉、お紋に、つなぎの役目を引き受けてもらうのだ。間違っても、お紋の住まいを訪ねちゃいけないよ。傍目には、客がお紋を河水楼の座敷に呼んだように装うのだ。いいね」

「わかりやした」

顔を向けて、政吉がことばを重ねた。

「それじゃ、大滝の旦那、あっしらは、これで引き上げやす」

「河水楼やほかの見世に岡部の見張りがついたら、すぐ知らせてくれ」

立ち上がった政吉と富造に錬蔵が声をかけた。

「そうしやす」

頭を下げて政吉がいい、富造がならった。

牢屋から政吉と富造が出て行くのを見届けて、錬蔵が藤右衛門に向き直った。

「朝方に話したが、昨夜、扇屋はいずこかへ出かけている」

「大滝さまは、扇屋が出かけた先で会った相手は岡部さまだと推量しておられるのですな」

「そうだ。今日、岡部が乗り込んできた。政吉と富造が深川大番屋の手先となって動いていることを、誰が岡部につたえたか。政吉たちのことを知っているのは、岡部のまわりには扇屋しかおらぬ。昨日、おれは扇屋に聞き込みをかけた。おれが何か企んでいるのではないか、と疑念を抱いた扇屋は、岡部に相談をもちかけたに違いない。岡部は、おれが、岡部と扇屋がつながっているのではないかと疑っている、と推断したのだ」

「岡部さまが深川鞘番所に乗り込んできたのは、大滝さまの調べが、どの程度すすんでいるか探るためですな」

「おそらく、そうだろう。岡部は、拐かしの一件は御奉行の耳に入れてある、といった。下手につつけば、御奉行を動かして北町奉行所の手勢を率いて深川に探索の手をのばすぞ、とおれに脅しをかけたのだ」

「なかなかの策士ですな、岡部さまは」

「策をめぐらすのが好きなのだ。ここ数日は、岡部と扇屋が、どう揺さぶりをかけてくるか、出方をみるしかない」

「策を弄《ろう》すれば、いずれは綻《ほころ》びが生じるもの。それを待つしかありますまい」

「綻びが生じるまで待つ気はない。残るは今日をいれて十三日、やれることは、すべてやる。そのことしか、いまは考えておらぬ」

不敵な笑みを、錬蔵が浮かべた。

三

用部屋にもどった錬蔵は、深川の名主たちからの届出書をあらためながら、安次郎の帰りを待った。夜廻りには安次郎とふたりでいくと決めてあった。

が、やって来た岡部の発した、

「此度の拐かしの一件は、御奉行の耳に入れてある」

その一言が、ほんとうのことかどうか、たんなる岡部のはったりではないか、と錬蔵は疑い始めていた。

いずれにしても、奉行が此度の一件に、どれほどの関心をしめしているか探りを入れるべきだと錬蔵は考えていた。江戸北町奉行が、その気になれば深川に怪動をかけることなど、いとも容易いことであった。奉行の腹のくくり具合で、どうにでもなる一事、と錬蔵は判じている。

その、奉行の腹のくくり具合を、錬蔵は探ろうとおもっている。

亡き父、大滝軍兵衛《ぐんべえ》の親友であり、いまは何くれと錬蔵の面倒をみてくれる年番方与力、笹島隆兵衛《ささじまりゆうべえ》に仔細《しさい》を話し、さりげなく奉行の動きを探ってもらう。奉行と反《そ》りがあわず深川大番屋へ追いやられた錬蔵が、おもいつく手立ては、それしかなかった。

万が一、深川の有り様に奉行が深い関心を示しているとしたら、怪動がかかる恐れが大きくなる。それほどでもなかったら、岡部にたいして攻めに転じることができる、と錬蔵は見立てている。

北町奉行所に直《じか》に笹島を訪ねていくことは避けたかった。錬蔵が北町奉行所に顔を出したということが耳に入れば、岡部の気質上、先回りして何らかの手を打ってくるに違いない。策謀好きの岡部が次から次へと繰り出してくる謀《はかりごと》に、ひとつひとつ対応していく。こういっては何だが、岡部の謀略遊びに、無理矢理付き合わされているような気がして、ただ厄介《やっかい》なだけだ、との気持が錬蔵に生じていた。

そうなると、八丁堀の笹島の屋敷に訪ねていくしかない。笹島が北町奉行所から屋敷に引き上げてくるのは、捕り物の出役など特別の動きがあるとき以外は、五つ（午後八時）少し前と、ほぼ決まっていた。

頃合いを見計らって笹島を訪ねるとなると、夜廻りに出かける刻限と重なってしまう。笹島との話は、一日でも早いほうがよかった。

今日のところは夜廻りを止めるしかあるまい。安次郎ひとりで見廻っているときに錬蔵を傷つけた辻斬りと出くわしたら、まず勝ち目はない。むざむざ負けるとわかっている安次郎を夜廻りに出すわけにはいかなかった。

もしも安次郎が、あっしひとりが探索から外れるなんてこたあ、とてもできねえ相談だ、と言い張ったら前原とともに扇屋を見張れ、と命じるつもりでいる。

七つ（午後四時）を過ぎた頃、安次郎が深川大番屋へもどってきた。安次郎は、前原とともに喜八の操る猪牙舟に乗り、山谷堀まで行き、引き上げてきたのだった。

用部屋へ入ってきた安次郎に錬蔵は、岡部がやってきて、拐かしの一味と疑われている者の手下同然の政吉と富造に探索を手伝わせるとは不心得もはなはだしい、とねじ込んできたこと、その際、北町奉行に此度の一件をつたえていると錬蔵に告げたこと、奉行の腹づもり次第で怪動がかかる恐れがあること、その腹づもりを探ってもらうために笹島隆兵衛を今夜、屋敷に訪ねることなどを話して聞かせ、

「本日の夜廻りは取りやめる。万が一、おれと斬り合った辻斬りが出没し、刃物三昧の沙汰となれば、命のやりとりに至るは必定《ひつじょう》。今夜は吉原に出向き、前原とともに扇屋を張り込んでくれ」

と告げた。安次郎の応えは、おもいがけないものだった。いつもの安次郎とは違って、

「わかりやした。そうしやす」

いとも素直に頭をさげ、

「それじゃ吉原へ出かけやす」

と腰軽く立ち上がった。

深川大番屋を錬蔵が出たのは、時の鐘が暮六つ（午後六時）を告げて鳴り終わった頃だった。

表門から出て遠ざかる錬蔵の姿を、細めに開けた門番所の物見窓から見つめている者がいた。

腰に長脇差を帯びた安次郎だった。

新大橋のたもと近くに錬蔵がさしかかったのを見届けて、安次郎は物見窓を閉めた。

振り返って門番に声をかける。

「どうやら夕飯の支度ができたようだな。門番所で一寝入りもできたし、腹ごしらえして夜廻りに出かけるとするか」

「握り飯ふたつと香の物に根深汁といった代わり映えのしないものだが、茶と汁椀が温かいのだけが取り柄だ。握り飯も汁椀も茶もお代わりができる。たっぷり腹ごしらえして存分に働いておくれな」

板敷の間の上がり端に夕餉の膳がわりの角盆を置いて、門番が笑みを向けた。

四

八丁堀に錬蔵が着いたときには、笹島隆兵衛はすでに屋敷に帰っていた。小半刻(三十分)ほど前にもどった、といいながら、くつろいだ小袖の着流し姿で錬蔵の前に坐った笹島は、

「久しぶりだな。これから夕餉だ。ともに食せぬか」

笑みをたたえて訊いてきた。

「やってくる途中、蕎麦屋ですませてきました。これから夜廻りに出るつもり、たま

に顔を見せたのに、まことに申し訳ありませぬが長居はできませぬ」

余計な手数はかけたくない、とのおもいから出た錬蔵のことばであった。

くつろいだ、それまでと打って変わった厳しい顔つきになって笹島が問うた。

「急ぎの用で来たのだな」

「先日、同役の岡部吟二郎が、深川にある河水楼なる茶屋に現れ、主人の藤右衛門に娘拐かしの一味との疑いあり、とよばわって、藤右衛門を捕らえようといたしました」

聞き入る笹島隆兵衛に錬蔵は、河水楼には拐かされたと在所の名主より訴えの出ているお咲、お君のふたりがいること、ふたりは藤右衛門が作造なる女衒から買いつけた娘であること、成り行き上、半月の期限をきって錬蔵が藤右衛門の無実を晴らすと約束したこと、本日、再度、女衒の探索を手伝わせた藤右衛門の見世の男衆ふたりを引き据え岡部がやって来て、拐かし一味の疑いがかかっている者の手下同然の男たちを使うとは不心得極まると咎《とが》めてきたこと、その折り、此度の一件、御奉行の耳に入れてあると岡部が告げてきたことなどを、かいつまんで話した。

「御奉行の耳に入れた、と岡部がいったのか」

うむ、と唸って笹島が首を傾げた。

顔を錬蔵に向けて、ことばを重ねた。

「御奉行の口から、ここ数日、深川にかかわる話が出たことはないが」

「はったりの強い岡部の気質、わずかなことでも針小棒大にいい立てているのかもしれませぬ。が、火のない所に煙は立たない、の譬《たと》えもあります。御奉行が、深川をどう扱おうと考えておられるか、その腹づもりを探っていただきたいのですが」

「御奉行が深川をどう扱おうとしておられるか、とは、どんな意味合いだ」

「怪動を仕掛けるつもりではないのか、と」

「怪動か」

呻くようにいって笹島が黙り込んだ。

静寂がその場に訪れた。

黙然と座して、錬蔵は笹島の発することばを待っている。

顔を上げて、笹島が口を開いた。

「錬蔵、わしが推察するかぎり、いまのところ御奉行には深川に怪動を仕掛ける気配はない。怪動が、どれほどの混乱を生み出すものか、また、北町奉行所で怪動を行うためには、どれほどの手数、手配りを要するか、並大抵の動きではないことを御奉行はご存知のはずだ」

「それでは北町奉行所には怪動の気配もない、ということですな」

「いまのところはな。が」

「が、とは」

「わしが錬蔵、おまえの父の親友であり、おまえとは父親代わりの仲であることを、北町奉行所のなかで知らぬ者はおらぬ。それゆえ、深川へ怪動を仕掛ける企てがすすんでいることを、わしの耳に入らぬよう御奉行が命じているかもしれぬ。錬蔵、おまえは御奉行が親身の付き合いをしていた米問屋に独断で踏み込み、米買い占めの罪を暴き立てて、闕所《けっしょ》に追い込んだ身だ。そのことにより、おまえは北町奉行所内では、島流しの場、と陰口をたたかれている深川大番屋へ追いやられた。その扱いが御奉行の気持を表しているのだ。人の心は千差万別、いかに正義を為すためとはいえ、そこまでせぬともよかろう、とおもう者もいる。人の世の出来事の価値を計る物差しは、人それぞれ違っている。その違いを咎め立てしても、しょせん、何の意味も持たぬ、ただの戯言《ざれごと》でしかない。相手の持つ物差しと自分の物差しの差違を見極め、起こり得るさまざまなことに備える。そのこと、常々、心得ておくべきだと、わしはおもう」

「おことば、肝に銘じておきます」

「御奉行の腹づもり、それとなく探っておく。いまは、そのことしか約定できぬ」

「よろしくお頼み申します」

深々と頭を下げた錬蔵へ、身を乗り出さんばかりにして笹島が声をかけた。

「老妻が、久しぶりに錬蔵が訪ねてきた、料理人でもない者の手作り、美味くもなかろうが心づくしの菜を食べさせてやろう、と支度にかかっている。お務めもあろうが、半刻（一時間）ほど付き合え。女房どのの御機嫌を損じると何かと面倒、蒸籠《せいろ》蕎麦では腹も満たされてはおるまい。わしの顔を立てて、老妻の手料理、食べていってくれ」

「ありがたく、馳走になります」

再び錬蔵が頭を下げた。


両側に町家の建ちならぶ道を安次郎は歩いている。右手にある町家の後方は大川であった。着流しに長脇差を帯びた安次郎の出で立ちは、傍目には土地《ところ》のやくざ者としか見えない。

すでに四つは大きく回っていた。道行く人の姿は、どこにも見あたらない。天空は黒い雲に覆われていた。出歩く者を、重苦しい気分に追い込むような空模様だった。

江戸湾の潮鳴りが響いてくる。

永代橋から大島川へ向かって安次郎は歩みをすすめていた。大島川が大川に流れ込むあたりは、大川が江戸湾に流れ込む、川と海との境でもあった。

周囲に警戒の眼を走らせながらすすんでいく安次郎の足が止まった。くぐもった人の声が聞こえたような気がしたからだ。

耳をすます。

今度は、はっきりと聞こえた。

断末魔の呻き声とおもえた。

止めをさしたか。そう推断した安次郎は、半ば反射的に身を翻《ひるがえ》していた。獲物の臭いを嗅ぎつけた獣の動きに似ている。

疾駆してきた安次郎が、動きを止めた。

長脇差の柄《つか》に手をかける。

熊井《くまい》町と相川《あいかわ》町の境の辻に、ふたつの黒い影が立っていた。影のひとつが長い棒のようなものをぶら下げている。道の上に、こんもりと盛り上がった塊があった。

(辻斬り)

胸中で断じた安次郎は、黒い影に向かって一気に駆け寄った。

長脇差の鯉口を切る。

足音に振り向いた黒い影が長い棒を振り上げた。棒の動きにつられて鈍色の光が尾を引いた。

黒い影は、強盗頭巾をかぶり、袴を身につけた浪人風の男、長い棒と見えたのは大刀であった。

見極めた安次郎が長脇差を引き抜きながら斬りかかるのと、強盗頭巾が打ち込んでくるのが、ほとんど同時だった。

一太刀、二太刀と刃をぶつけあう。

鍔《つば》迫《ぜ》り合いをして身を寄せ合ったとき、安次郎が強盗頭巾の足を蹴っていた。命のやりとりの修羅場を積み重ねてきた安次郎得意の喧嘩剣法の一技だった。

痛みによろけた強盗頭巾の脇腹を、横に振った安次郎の長脇差が斬り裂いていた。

大きく呻いて強盗頭巾がたたらを踏んだ。

「貴様、なぜ、助勢を、せぬ」

仲間とみえる、強盗頭巾を見返って喘いだ強盗頭巾が大刀を振りかざした。が、そこまでだった。大刀の重みに耐えかねたように、強盗頭巾が、その場に崩れ落ちた。

長脇差を正眼に構え直して、安次郎が残る強盗頭巾を見据えた。

その強盗頭巾は、まだ、大刀を抜いていなかった。

「強いな、やくざ者には惜しい腕だ。無双《むそう》流とみた」

ゆっくりと大刀を引き抜いた。顔を隠すためにかぶった強盗頭巾が、凍えた光を放つ、びいどろに似た陰鬱な眼を際だたせていた。

「深川鞘番所の者だ。辻斬りを退治するために出張ってきた。逃しはしねえぜ」

そのとき、強盗頭巾が、皮肉な笑みを浮かべたかのように安次郎にはおもえた。

「そうか。大滝錬蔵の配下か。そいつは好都合だ」

「好都合だと。何を舐めたことをいってやがる、この辻斬り野郎が」

その瞬間……。

はっ、と息を呑んだ安次郎が声を高ぶらせた。

「てめえは、大滝の旦那と斬り合った、あのときの辻斬り野郎か」

「そうだ。察するに、大滝と勝負を決しようとしたときに現れて邪魔をしたのは、貴様だったようだな」

「てめえ、勝負だ」

身構えた安次郎に、

「勝てるか、おれに」

抑揚のない声で告げて、辻斬りの強盗頭巾が大上段に大刀を振りかざした。

「勝つ。辻斬りなんかに負けるものか」

躰をぶつけんばかりに安次郎が、相打ち覚悟の突きを入れた。

突き出された長脇差に向かって、辻斬りの強盗頭巾が大刀を振り下ろした。

鋼をぶつけあう鈍い音が響き、火花が飛散した。

長脇差がなかほどで叩き折られていた。

刃先が地面に落ちる。

振り下ろされた大刀の、勢いのあまりの強さに押しつけられ、安次郎は片膝をついていた。手が痺れて、柄を握りしめた感覚はなかった。勝負に対する執念が、安次郎に長脇差の柄を握らせていた。

その首筋に強盗頭巾の大刀の峰が押しつけられた。

「殺せ。一思いに殺しやがれ」

「殺さぬ」

「殺せ」

「大滝錬蔵へおれのことばを伝える、つなぎ役をやってもらう」

「誰が、てめえの使いなんかやるけえ。早く殺せ」

「明日深更、浜通りで待つ。大滝錬蔵が来ぬときは翌日からひとりずつ殺す。おれは、大滝と、余人を交えず真剣勝負をしたいのだ。そのことをつたえろ」

「つたえねえ。おれは、この場で死ぬんだ」

「大事な、おれのつなぎ役、死なせてたまるか」

低く吠えるなり辻斬りの強盗頭巾が、安次郎の首の根元を大刀の峰で打ち据えた。

呻いた安次郎が気を失って倒れ込んだ。

横たわる安次郎を見下ろして強盗頭巾が大刀を鞘に納めた。

「万が一にも、朝まで正気づくことはあるまい」

せせら笑ったのか、眼を細めた強盗頭巾が踵を返した。

ゆったりとした足取りで歩き去ってゆく。

その場には、気絶した安次郎と辻斬りに斬られた御店者風、辻斬りの片割れの強盗頭巾の骸《むくろ》が、惨《みじ》めな姿を晒していた。

八丁堀の笹島隆兵衛の屋敷を出た錬蔵は、急ぎ足で、安次郎と見廻ると決めてあった仙台堀《せんだいぼり》から大島川へのびる大川沿いの通りへ向かっていた。半刻のつもりが、笹島夫婦に引き留められて帰りそびれ、一刻（二時間）ほど屋敷で過ごした錬蔵であった。

先夜、刃をあわせた辻斬りは安次郎より剣の腕前は上、と判断していた錬蔵は、安次郎ひとりに夜廻りをさせ、先夜の辻斬りと出くわすことがあったら、むざむざ死なすことになると考え、安次郎に扇屋の見張りを命じたのだった。

もともと笹島との話が終わったら、錬蔵は夜廻りする、と腹を決めていた。その錬蔵の気持を察していたのか、日頃は晩酌を楽しむ笹島隆兵衛も、今夜は一滴の酒も飲もうとしなかった。

当然、錬蔵も酒を口にしていない。先夜の辻斬りと斬り合うことになれば、素面《しらふ》でなければ互角の勝負は覚束《おぼつか》ない、と錬蔵は見立てていた。

今夜は波が荒いのだろう。轟《とどろ》く江戸湾の波音が、すぐ間近に波が押し寄せているかのような錯覚を起こさせた。

永代橋から大島川へ向かって錬蔵は歩いていく。相川町と熊井町の境の辻あたりだろうか、通りの上に盛り上がった塊がみえた。

眼を凝らす。

塊は三つ、あった。

大刀の鯉口を切りながら、錬蔵はあたりに気を配りながらすすんでいく。

近づくにつれ、三つの塊の形が、少しずつ、はっきりしてきた。

塊は横たわった三人の男だった。ひとりは御店者風、ひとりは強盗頭巾をかぶっていた。ひとりはやくざ者にみえた。やくざ者は背中を向けている。

強盗頭巾は辻斬りで御店者を斬って捨てたところへやくざ者が通りがかり、斬り合って、相打ちになった。咄嗟に、錬蔵はそう推量した。

やくざ者の後ろ姿に、見覚えがあるような気がした。

歩み寄る。

顔を見極めた錬蔵の顔に驚愕が浮いた。

「安次郎」

おもわず声を発していた。

安次郎は折れた長脇差を握りしめている。錬蔵がまわりを見回すと、折れた長脇差の半身が転がっていた。

あたりに人の気配はなかった。

後ろに回り込んだ錬蔵は、片膝をついて安次郎の首の根元に指先を当てた。

血管が脈を打っていた。

再び前に回った錬蔵は長脇差の柄を握りしめた安次郎の指を、一本一本引きはがしていった。

活を入れ、安次郎を正気づかせたとき、握っていた長脇差をおもわず振って、自分の躰を傷つける恐れがあった。それを避けるための、長脇差からの指の引きはがしだった。

指をほどき、長脇差を安次郎の手から抜き取った錬蔵は再度、後方にまわった。

活を入れる。

低く呻いて安次郎が息を吹き返した。

「気がついたか」

かけられた声に気づいて安次郎が振り返った。

「旦那」

驚愕に顔を歪めた安次郎が呻くような声を上げた。

「面目ねえ。旦那の指図に従わなかったばかりか、長脇差を叩き折られ峰打ちをくらって気絶するなんて、とんだ恥さらしだ。奴は、強《つえ》え。旦那、奴は、あの辻斬り野郎は、旦那につなぎをとらせるために、あっしを峰打ちにしたんだ」

「つなぎ、だと。あ奴は、おれに何をつたえろ、といったんだ」

「明日深更、浜通りで待つ。来ないときは、辻斬りをやりつづける、翌晩から、ひとりずつ斬り殺す。そう旦那につたえろ、とおれに告げて、峰打ちをくれたんだ。旦那、行っちゃいけねえ。奴は強すぎる。誘いに乗っちゃいけねえ」

小袖の襟を摑み、錬蔵に取りすがらんばかりにして安次郎が声を高めた。

じっと安次郎を見つめて、錬蔵が告げた。

「安次郎、おれは深川大番屋支配だ。深川の町の安穏を守るのがおれの役目、辻斬りをやりつづける、ひとりずつ斬り殺すなど、そんなことを、手をこまねいて見逃すわけにはいかぬ。身命を賭して、その動きを阻止せねばならぬ。深川にかかわる人たちを力の及ぶ限り守り抜く。それが、おれの務めだ」

「旦那、旦那って人は」

笑みを浮かべて錬蔵が安次郎を見つめた。

「安次郎、よく生きていてくれた。こころの通じ合った仲間を失う、それが、どんなに辛く、悲しいことか。おれは嬉しい。心底、喜んでいるのだ。死んではならぬ。無鉄砲は許さぬ。生きていればこそ、たがいに触れ合うことができるのだぞ」

「あっしを仲間だといってくださるんで。くそっ、旦那、あっしはどうすりゃいいんだ。どうやったら旦那の手助けができるんだ」

「安次郎、聞いてくれ。これからするのは、深川大番屋支配という立場を忘れたおれの、あくまでも我が儘《まま》を通したいという話だ。おれは、血の出るようなおもいで、剣

い
まの修行を積んできた。剣客の性《さが》、常に自分の腕を試したいとおもいつづけてきた。いま、その剣の業前を試すことのできる、またとない相手と出会ったのだ。剣客として、滅多に巡りあうことのできない幸運、そんな気さえしている。あの辻斬りとの勝負、余人を交えず、死力を尽くして戦いたい。おまえがつないでくれた、あ奴のことば、ありがたいとさえおもっているのだ」

「旦那」

笑みさえみせている錬蔵を、安次郎が凝然と見据えている。

五

翌朝、お紋が鞘番所にやってきた。

物見窓越しに門番に声をかけ、表門の潜り口を開けてもらったお紋は、錬蔵の長屋へ向かわずに、まっすぐに牢屋へ向かった。お紋の抱えた風呂敷包みには、藤右衛門の着替えや見世でつくった重箱が入っている。

膝を折ってお紋が差し出した風呂敷包みを、牢格子の間から受け取った藤右衛門は、包みを開いて重箱をとりだした。

前に置いた重箱の蓋を開け、なかに詰められた豪華な菜と白飯を見て、藤右衛門が困ったような笑みを浮かべた。のびはじめた白髪まじりの無精髭が、いつもの料理茶屋の主人然とした藤右衛門より親しみを増してみえる。お紋はおもわず微笑みを浮かべていた。

「入牢している者は髭は剃らぬもの。剃刀は刃物。その刃物で牢格子を断ち切ることもできます。無精髭を生やしているのは刃物を持っていない証といえましょう。髭は剃らずにのばしたままのほうが、岡部さまから余計な詮索をされずにすみます」

と藤右衛門がいいだし、髭を剃らないようにしたのだった。

その無精髭を撫でながら藤右衛門がいった。

「どうも、なんだ。こいつはまずいや」

独り言《ご》ちて藤右衛門が苦笑いを浮かべた。

「何が、まずいんですか」

問いかけたお紋に、

「朝から晩まで休みなしに働いてらっしゃるのに大滝さまをはじめ、鞘番所のみなさんはこんな豪勢な菜は口にしてねえよ。牢に入って、みなさんの様子をそれとなく見るにつけ、そのことが、よくわかった。猪之吉にいってくれ。わしへの心づかいはありがたいが、これから先は、飯の差し入れはなしにしてくれ、となと」

「それじゃ、毎日が握り飯に香の物だけの食になっちまいますよ。大滝の旦那も、鞘番所の人たちも、親方の食べる物のことなんか、気になさいませんよ」

「わしが気になるんだよ、お紋さん。今日のところは食べさせてもらう。猪之吉の心づくしだ」

箸に手をのばした藤右衛門に、

「門番さんにお茶をいただいてきますね」

笑みを向けてお紋が立ち上がった。


「お俊さん」

呼びかける声に物干しに洗い物を干す手を止めて、お俊が振り向いた。

風呂敷包みを抱えたお紋が立っていた。

「どうしたんだよ、こんなに早く。夜の遅い稼業、まだ眠気も醒めないだろうに」

歩み寄ってきたお紋がお俊に話しかけた。

「どうにも気になるんだよ」

「気になるって」

「藤右衛門親方に着替えを届け、汚れ物を受け取って帰るとこなんだけどね、八木さんが女の人といるところを見かけたんだよ、顔を寄せ合って、ひそひそ話をしてるのさ。八木さん、しかめっ面をしてて、首をかしげたりして困っている様子なんだよ」

「掛け取りが夜討ち朝駆けの、朝駆けを仕掛けたのかね」

「掛け取りって感じでもないのさ、地味な身なりだし。それで、ひょっとしたら、訪ねてきている女のことを、お俊さんが知っているんじゃないかとおもってね」

「顔を見てみようか」

「そうしてくれるかい。こっちだよ」

先に立ってお紋が歩き出した。お俊がつづいた。

八木と女は同心詰所の裏手で立ち話をしていた。松倉と岡っ引きたちが見廻りに出かけるのか表門へ向かって歩いていく。

松倉の住む長屋の外壁に身を寄せたお紋とお俊が、八木たちを窺っている。

話がすんだのか八木と女が二手に分かれた。

そのとき、躰の向きを変えた女の顔がはっきりと見えた。

「なんだ、あの人は八木さんの奥さまだよ」

「八木さんの奥さんかい。それじゃ、気にかけることはなかったね」

「あの奥さん、出世させたい一心で一粒種の息子さんの学問に大金をつぎ込んでいるという噂さ。そのために八木さん、四苦八苦してるようだよ」

「八木さんの奥さんなら鞘番所に顔を出してもおかしくないねえ」

「滅多に来ないいんだよ。珍しいねえ、顔を見るのは、ほんとに久しぶりだよ」

「滅多に顔を合わせないのなら、もう少し、仲良くしても、よさそうなものだけどね」

「夫婦仲がうまくいってないのさ。干さなきゃいけない洗い物が残っているんだ。愛想なしだけど、ここで別れるよ」

「手間をかけたね」

踵を返したお俊にお紋が小さく頭を下げた。

振り向いたお紋が表門へ向かって歩いていく八木の妻女をじっと見つめ、まだ何か引っかかるものを感じているのか、ゆっくりと首をかしげた。

立ち止まり、お紋は首を捻った。

てっきり八丁堀へ向かうとおもっていた。

が、道筋は、あきらかに違っている。

人の顔色を窺い、機嫌を損じないように接していく。それが芸者稼業の心得のひとつであった。

芸事修業のほかに、お座敷での客あしらいを叩き込まれてきたお紋は、表情で、その人がいま置かれている有り様を、多少は読み取ることができた。

妻女と話していた八木の顔には困惑と諦めがからみあい、もつれ合って、別れ際には諦めきった無力感に肩をも落としていた。それとは逆に妻女の強く結んだ唇、大きく見開いて瞬きひとつしない目には、言い分を通し抜いて勝ち誇った傲慢《ごうまん》さが溢れていた。夫婦の、あまりに違う有り様が、お紋に、どこかしっくりとゆかない、気がかりなものを感じさせたのだった。

八木と妻女のひそひそ話をしているところを、たまたま見かけたのには、わけがあった。藤右衛門へのつなぎを終えたお紋は、錬蔵の長屋へ顔を出そうとした。が、すぐにおもい直した。藤右衛門から、毎夜、錬蔵が辻斬りの探索のために見廻っていて、帰りが深更をはるかに過ぎているようだ、と聞いていたからだ。できるだけ錬蔵を眠らせてやりたい、束の間の休息、邪魔はしたくない、というおもいが、お紋の足を止めさせた。それでも、わずかの間でも近くにいたい、という未練に似たこころがお紋に、鞘番所のなかをさ迷わせた。その、あてのない動きが、人目を避けて会っているかのようにみえる八木と妻女を見かけさせたのだった。お紋がつけていることには気づいていないようだった。

後ろから見ていると髷が動かない。まっすぐに前を見つめて歩いているのだろう。歩調を変えることなく八木の妻女は歩いていく。足をとめたお紋との間が、次第に広がっていく。お紋は、慌てて、妻女の後を追った。

日本橋川沿いに歩みをすすめた妻女は呉服橋《ごふくばし》御門を通り抜けた。見失わぬほどの間を置いてお紋がつづいた。風呂敷包みを抱え、座敷に出るときとは違って薄化粧の、値の張りそうな小袖を身につけたお紋は、御店の行き遅れた娘が、どこかの大名家に届け物をするためにやってきた様子にみえた。そのせいか、武家屋敷しかない曲輪《くるわ》内への出入りを見張る、警戒の厳しい呉服橋御門に詰める番士たちにも咎められることはなかった。

呉服橋御門を出て左へ折れた妻女は、躊躇することなく二軒めの屋敷へ入っていった。

そこは、北町奉行所であった。

深川鞘番所詰めの八木は、北町奉行所同心でもある。八木の妻女が、北町奉行所へ入っていって何の不審もない、当然のことにおもえた。

足を止めたお紋は北町奉行所の表門を見上げた。

少し回り道になるが八丁堀の住まいにもどることなく、まっすぐに北町奉行所へ向かった妻女の動きに、お紋は、どこか不自然なものを感じていた。何の根拠もない。

妻女と八木の間には、子までもうけた夫婦らしい触れ合いが、どこにもみえなかった。妻女に夫をおもいやる優しさを感じなかった。それが、お紋が抱いた、気がかりの因《もと》であることを、あらためて気づかされていた。

再び首を傾げて、お紋は踵を返した。北町奉行所を背に歩みをすすめながら、八木の妻女に抱いた、漠然とした疑念を捨て去ることができなかった。釈然としないおもいにとらわれながら、お紋は歩きつづけた。


この日、錬蔵は、用部屋から一歩も外へ出なかった。まだ眼を通していない届出書の処理に終始している。

昼の見廻りをしている松倉と八木からは、特に異変はみられず、との復申書が出されていた。前原からは、昨夜は扇屋は、吉原のなかを出歩いたのみ、との報告を受けている。いままで溝口と小幡は日々、警戒する一画を変えながら夜廻りしていた。昨夜、夜廻りからはずした岡場所近くに辻斬りが出没し、錺職《かざりしょく》の職人がひとり、斬り殺されている。

このことは、骸を見いだして届け出た住人とともに片付けに走った自身番の小者が深川大番屋へ知らせにきて、わかった。いま溝口と小幡が、やってきた小者とともに自身番へ出向き、錺職人の骸をあらためているはずであった。

永代橋近くの熊井町と相川町の境でも御店者がひとり、辻斬りに斬殺されていた。御店者を斬った辻斬りは、安次郎が斬り捨てている。

一夜でふたり、深川の岡場所に遊びにきたとおもわれる男が辻斬りに斬られた。その事実が錬蔵に重くのしかかっていた。

いままで錬蔵は、辻斬りは一組だけだとおもっていた。が、一夜にふたり、別々の場所で斬られている。そのことから推量すると、辻斬りは二組いると考えるべきであった。

はたして二組だけなのか。ほかにも辻斬りをしようと企んでいる者が何人もいるのではないか。

一夜のうちに、深川の数ヶ所に辻斬りが出没したら、取り締まることなど、とてもできぬ。思案を重ねたが錬蔵には、いい知恵は浮かばなかった。

意識が届出書に向くように無理強いし、錬蔵は書き付けを処理しつづけた。

すべての書き付けの処理を終えたとき、暮六つの時鐘が鳴り響いた。

峰で打ち据えられたところが腫《は》れ上がり、安次郎は長屋で休んでいる。熱も出ていた。朝方、小者が呼びにいった町医者が安次郎を診断し、腫れが引く塗り薬と解熱薬を調合して、腫れが引いても、痛みは残るでしょう、しかし時がたてば痛みも消えます、と告げて引き上げていった。

無理をしなければ、まず大事なかろう。せめて今日一日だけでも、安次郎を休ませてやりたい。そうおもいながら錬蔵は立ち上がった。

刀架に架けた大刀を手にとる。

長屋には立ち寄らずに出かける、と錬蔵は決めていた。顔をみせれば安次郎が気を揉《も》んで、ついていく、と言い張るに違いない。不自由な躰の安次郎に、余計な心労を与えるだけであった。

大刀を帯に差しながら錬蔵は、今夜、刃を合わせることになるであろう辻斬りの強盗頭巾の太刀捌きを脳裏でおもい起こしていた。

命のやりとり、どちらかが地に伏すことになる。錬蔵は、死に場所になるかもしれぬ深川の巷《ちまた》、浜通りへ向かって、一歩、足を踏み出した。

五章　盤根錯節《ばんこんさくせつ》

一

永代寺門前仲町へ出た錬蔵は河水楼のまわりをゆっくりと歩いた。端《はな》から河水楼に寄る気はなかった。

必ず河水楼など藤右衛門のやっている見世には手先を張りつかせているはず。北町奉行所の与力番所で席を列《なら》べた仲である。岡部吟二郎の気質は、錬蔵には、ある程度わかっているつもりだった。

何事も抜かりなく行おうとする性癖が、岡部にはあった。

その性癖につけこむ。それが一件を落着する早道かもしれぬ。河水楼の近くに、張り込む岡部の手先らしき者がいたら、それなりの手を打たねばなるまい。いままで岡部に先手を打たれてきた。これからは、そうはさせぬ。錬蔵は、多少の荒事もやる気でいる。

が、すべては安次郎をつなぎ役に仕立てて、勝負を挑んできた辻斬りとの決着がついてからであった。

門前仲町、山本町、永代寺門前町を貫く馬場通りは、遊びに来た男たちで賑《にぎ》わっていた。見世の屋根に沿って掲げられた赤い提灯《ちょうちん》や軒行燈《のきあんどん》に明かりが点《とも》り、客の袖を引く遊女や声をかける遣《や》り手婆《ばばあ》、男衆の声があちこちで上がっている。吉原とともに不夜城と評される盛り場、深川の遊宴は、幕を開けたばかりだった。

河水楼の近くにさしかかった錬蔵は、ゆったりとした足取りで歩いていった。錬蔵は、編笠をかぶっていない。辻斬りがいつ斬りかかってくるかわからない夜の見廻りである。目線の及ぶ範囲をできるだけ広くしておきたかった。

顔をさらして歩いている錬蔵を見かけた顔見知りの住人たちは、男、女にかかわりなく、目も合わせぬようにして通り過ぎていった。

深川鞘番所支配の錬蔵が見廻りをしている。何事か起きたのではないか、と心配しながらも、遊びに来た客たちに余計な不安を抱かせてはならない、と心がけているのだろう。

やせこけた、髑髏《どくろ》のような、荒《すさ》んだ顔つきの男と、河水楼と隣りの茶屋の間の通り抜けの脇で立ち話している政吉さえ、歩いて来た錬蔵に気づかぬ風を装《よそお》った。その政吉が、わざとらしく、通り側に向けて斜め後ろに振り返ってみせた。

横目で錬蔵が政吉の振り向いたほうを見やると、通りの向かい側の料理茶屋の外壁の外れに躰をもたせかけるようにして立っているふたりの男を見かけた。ふたりとも帯に十手を差している。

一目で目明かしとわかる出で立ちだった。おそらく岡部は、目明かしが張り込んでいることが見世の連中にはっきりとわかるようにやれ、と指図したのだろう。

ここまで、あからさまに動かれるとは、舐《な》められたものだ。胸中で錬蔵は苦笑いを浮かべた。

おそらく藤右衛門がやっている、あちこちの見世も、似たようなものだろう。河水楼の裏手にも見張りがついているはず。そう推断しながら、錬蔵は裏手へ足を向けた。

帯から下げた捕縄をひけらかすようにして、下っ引きが裏口の見える見世の脇に立っていた。

今夜は見届けるだけにしておこう。目明かしたちをどう扱うかは、明日までに考えればよい。すべては辻斬りの強盗頭巾と勝負が終わった後のことだ。命が果てたら何もできぬ。思案するだけ無駄なことだ。そう錬蔵は決めている。

表櫓から裏櫓、裾継《すそつぎ》、土橋から鶩《あひる》へと、錬蔵は藤右衛門のやっている見世を片っ端からまわって歩いた。

どの見世にも十手持ちが張り込んでいる。おそらく石場や大新地などにある藤右衛門の見世にも岡部の息のかかった岡っ引きたちが張り込んでいるのだろう。

それぞれの見世に三人ずつ張りついていた。合わせると、およそ三十数人の十手持ちが見張っている計算になる。

多すぎる。錬蔵は、おもわず首を傾げていた。岡っ引き、下っ引きたちの数が、岡部吟二郎という与力ひとりが動かすにしては、あまりにも多かった。娘拐かしの一件は、まだ探索が始まったばかりである。藤右衛門が拐かしの一味だと決まったわけではない。北町奉行所の同心たちが娘拐かしの一件の探索に本格的に仕掛かっているとは、錬蔵にはおもえなかった。

北町奉行所の定廻り、隠密《おんみつ》廻りなど探索方の同心たちが岡部の指図で動いている、という話は、笹島隆兵衛の耳には入っていなかった。そのことは、昨日、たしかめてある。

同心や小者たちを引き連れて岡部がやってきたのは、藤右衛門捕縛のために出張ってきたときだけだった。政吉たちを引き据えて深川大番屋に乗り込んできたときには同心たちの姿はなかった。

俄仕立《にわか》ての下っ引きたちを使っているに違いない。歩きながら錬蔵は、そう推断した。

すでに四つ（午後十時）は過ぎている。人の往来が少なくなった通りが、錬蔵に、時の流れをおもい起こさせた。

浜通りへ向かいながら、錬蔵は、いままで探索にかまけて、辻斬りの強盗頭巾との勝負に、どんな策で挑むべきか、深く思案していなかったことに気づいた。

一度しか刃を合わせたことのない相手である。その太刀筋を見極めているわけではなかった。

出たとこ勝負しかあるまい。錬蔵は、そう腹をくった。

俗に江戸町とも呼ばれる中島《なかじま》町の大島川に臨んでいるところにある筋を、浜通り、あるいは澪《みお》通りといった。

浜通りを錬蔵は二度、行き来した。道ばたの物陰に潜んでいる者の気配を探りながら歩みをすすめたが、殺気を感じることはなかった。まもなく九つ（午前零時）になる。人の通りは、すでに途絶えていた。

大島町へ渡る大島橋近くへさしかかったとき、声がかかった。

「待っていたぞ」

振り向くと、建ちならぶ町家の通り抜けから出てきたのか、小袖を着流した武士が立っている。月代《さかやき》をのばしているところをみると浪人とおもえた。強盗頭巾は、かぶっていない。

じっと見つめて錬蔵が問いかけた。

「強盗頭巾をかぶっていないので見違えたぞ。先夜の辻斬りだな」

「そうだ。よく来たな、大滝錬蔵。おれは、つい先ほどまで、来なくて当然だとおもっていた」

「が、待ちつづけた」

「そうだ。最初、大滝、貴様がおれの前を通り過ぎたときは見間違いかとおもった。二度めにやってきたときに、はっきりと顔を見極めた。それで声をかけた。真剣勝負をして、たとえ敗れても悔いはない、とおもえるほどの相手に巡りあうことは滅多《めった》にない。だから、念を入れた」

「なぜ、強盗頭巾をかぶらない。面が割れたら、後々、困ることになるぞ」

「困らぬ。おれと貴様には、後々の浮世の暮らしなど存在せぬ」

「たしかに」

「無外流《むがい》、戸沢丈助《とざわじようすけ》」
名乗るなり、大刀を抜きはなった。八双に構える。
「鉄心夢想流、大滝錬蔵」
抜いた大刀を右下段に置いた。
睨《にら》み合う。
どこで鳴いているのか、野良犬の遠吠えが聞こえた。
その鳴き声がきっかけとなった。
半歩、錬蔵が間を詰める。
その瞬間……。
右上段に大刀を振り上げるや、戸沢が一気に迫った。
大刀を振り下ろす。
その刀に叩きつけるように、錬蔵が下段から大刀を振り上げた。
鈍い音が響いた。
飛散する火花とともに、鈍色の光が宙を走った。
その光が不意に動きを止め、急降下する。
地に突きたった光が弾けて、落ちた。

光と見えたもの、それは叩き折られた刀身だった。

折れた大刀を手に、戸沢が無念さを剝き出して鍊蔵を睨み据えた。

折れた刀を左手に持ちかえ、脇差《わきざし》の柄に手をかける。

大刀を再び、右下段に置いて鍊蔵が声をかけた。

「今日の勝負はここまでとしよう」

「情けは受けぬ」

「おぬしは、先夜、おれの配下の安次郎という者の長脇差を叩き折った」

「あ奴、安次郎というのか」

「たがいに大刀を抜き対峙《たいじ》したとき、おれは、そのことをおもいだした。長脇差を折るほどの衝撃をくわえた刀も、ただではすむまい。必ず刀身がもろくなっているはずだ、とな」

「それで下段から刀の背をぶつけてきたのか」

「おれの読みが当たったわけだ」

「まだ負けてはおらぬ」

脇差を抜いて戸沢が吠えた。

「いったはずだ。勝負はこれまでだと」

「そんな情けは受けぬ」

「情けをかける気はない。おぬしは、おれにとっても、滅多に巡りあうことのない剣の上手。折れた大刀と脇差を武具に戦わせては、もったいない相手だとおもったから、勝負はこれまでといったのだ」

「おれを、いっぱしの剣客だとおもうなよ。おれは、金をもらって人を殺す、ただの人斬りだ」

「違う」

「違うだと。馬鹿なことを。何が違うというのだ」

「少なくとも、おれの前では、ただの人斬りではない。止《とど》めをさす気になれば、いとも簡単に、安次郎の息の根を止められたはずだ。それを、おぬしは、おれに伝言をさせるために安次郎を峰打ちにした。人を斬ることより、おれとの勝負を選んだのだ。おぬしのなかでくすぶりつづけ、決して消え去ることのなかった剣客の魂に宿る、剣に志したときから燃やしつづけた炎が、一度は消そうとおもっていた炎が突然吹き上げたのだ。厳しい剣の修行に耐え、血の出るような錬磨に明け暮れたおれにも、おぬしと同じ剣客魂が、強い相手と出会ったら、戦って倒したいと望む、躰に染みこんだ剣客の性《さが》が、居座っているのだ」

「剣客の、性か」

「その剣客の性が、おれに、おぬしに、まともな大刀を持たせて、今一度、戦いたいと告げている。おれは、ただ、その内なる声の命じるまま、おぬしに、勝負はここまで、と告げたのだ」

「くだらぬことを、うだうだと。いっておくが、大滝、おれをここで見逃したら後悔することになるぞ」

「おぬしは、もう辻斬りはせぬ。仲間が辻斬りをするのを止めようとはしないだろうが、自らの手を汚すことはないだろう。おれは、おれの剣客魂を信じるように、おぬしの剣客魂も信じている」

「剣客魂か。青臭い奴の戯言《ざれごと》につきあう気はない」

ことばとは裏腹に、戸沢が脇差を鞘におさめ、折れた大刀も鞘に押し込んだ。

大刀を鞘に入れた錬蔵に、皮肉な眼差しを向けて戸沢が告げた。

「大滝、貴様は幸せな奴だ。おれには剣しかない。生まれ落ちたときから剣術が好きで、夢中になって剣の修行に明け暮れた。が、独り立ちしなければならぬ羽目に陥ったとき、おれは、銭を稼ぐ手立てを何も知らぬことを思い知らされた。おれには、修行を積み重ねた剣しか、たつきを得る手立てがなかったのだ。おれのまわりにいる人斬り稼業の浪人たちも似たようなものだ。剣しか銭をつかむ手立てを知らぬ」

「戸沢、おぬしは、誰かに頼まれて辻斬りをやっているのではないか」

「誰に頼まれたわけでもない。日々のたつきを得たいために辻斬りをやっているのだ。ただし」

「ただし」

鸚鵡《おうむ》返しした錬蔵に、

「荒事をやって銭儲けしている商人のなかには、金のためなら何でもする道場主に声をかけ町道場ぐるみ買い入れる者もいる。用心棒をやったり、辻斬りをやったりして銭を稼ぐしかない剣客崩《くず》れが、この江戸にはあぶれているのだ」

「おぬしも。そのうちのひとりか」

「しょせん野良犬は、野良犬だ。またの勝負を楽しみにしているぞ。さらば、だ」

背中を向けて戸沢が足を踏み出した。

歩き去る戸沢の後ろ姿を、錬蔵が身じろぎもせずに見つめている。

二

深川大番屋へ向かって歩きながら錬蔵は、戸沢丈助が発した、

「荒事をやって銭儲けしている商人のなかには、金のためなら何でもする道場主に声をかけ町道場ぐるみ買い入れる者もいる」

とのことばが、なぜか気にかかっていた。

殺しを請け負った刺客屋は、依頼主の名を明かさぬのが渡世上の掟《おきて》、と聞いている。その刺客屋を稼業とする戸沢が、名こそ明かさぬが、

「荒事をやって銭儲けしている」

と商人をひとくくりにして告げたことに、意味があるような気がしていた。

荒事をやって、の荒事には、女の肉体を商いの道具にしている女郎屋のたぐいも含まれる、と錬蔵は考えたのだ。

吉原の扇屋が、どこかの道場主と門弟たちを、それこそ道場ぐるみ、用心棒で雇っているとの判《はん》じ物ではないのか。錬蔵は、そう推測をすすめていた。

と、目と鼻の先の辻を曲がって姿を現した黒い影が、立ち止まるのが見えた。

次の瞬間、

「旦那」

と呼びかけるなり、黒い影が駆け寄ってきた。

その呼びかけで、それまで押しすすめていた錬蔵の思索が断たれた。足を止めて見やり、声を上げた。

「安次郎ではないか。出歩いても大丈夫なのか」

そばに来た安次郎が、

「熱は下がりやしたし、心配いりやせん。それより、旦那のことが気がかりで、勝負の邪魔をする気はなかったんですが、つい様子を見にきてしまいました」

「勝負は流れ、だ」

「流れ、といいやすと。辻斬りは姿を現さなかったんで」

「おれに声をかけてきた。すぐに刀を抜き合った」

上段から斬りかかってきた辻斬りの大刀を、下段からの一太刀で叩き折るに至った経緯《ゆくたて》を、錬蔵は安次郎に、かいつまんで話して聞かせた。錬蔵が、辻斬りが戸沢丈助と名乗ったことを安次郎にいわなかったのには、わけがあった。その名を教えたら安次郎は前原や溝口、小幡たちに話すに決まっている。辻斬りの名は戸沢丈助。この名に聞き覚えはないか、と深川のあちこちで溝口たちが聞き込みをかけるかもしれない。

探索のためには、そうするほうがいいに決まっている。が、錬蔵のなかにある、滅多に出会わぬ相手、戸沢丈助と真剣で勝負をし、剣の優劣を見極めたい、との剣客の性が、あえて、このまま戸沢を泳がせていたいと望んでいた。

「大刀を叩き折ったのに斬られねえなんて、もったいねえ。情けをかけるような相手じゃねえとおもいやすがね」

「いったはずだ。おれは、剣客として、あ奴と、正々堂々と立ち合いたい。ただ、それだけのおもいなのだ」

「旦那、そんなことといったって、もしものことがあったら、どうしやす。深川のみんなが困るし、お紋なんか悲しみすぎて後追いするかもしれやせんぜ。勝負をおもいとどまる気にはなりませんか」

「おれは、与力でいるより剣客でいたほうが、おれらしいということに気づいたのだ。その気持ちを抑えきれないでいる。同役の岡部は、あちこちで小汚いことをやりながら要領よく世渡りをしている。御奉行の覚えも、おれよりいい。おれが、岡部と約定した日までに藤右衛門の濡れ衣を晴らすことができなければ、おそらく御奉行は岡部の申し入れを受け入れて、この深川に怪動をかけるだろう。世渡り下手《べた》のおれのとばっちりを受けて、深川は大迷惑をこうむるかもしれぬ。いまとなっては、もう少し御奉行の機嫌を取り結んでおけばよかったとおもうのだが、後の祭りというやつだ」

「怪動がかかると決まれば、そのときはそのときのことでさ。それより、旦那は、この深川にはなくてはならねえ、お人だ。世辞じゃねえが、深川に住んでる者は、旦那のことを八幡さまがこの世に遣わした、守り神みたいなお方だとおもってるんですぜ。いままで事あるごとに住人たちをいじめていた溝口さんら鞘番所の同心たちが、旦那が深川にやってきてからというもの、まるで別人みたいになっちまって深川のために働いてくれている。それだけでもありがてえのに、旦那は無宿人たちにも気配りしてくださる。おざなり横丁の連中なんざ、鞘番所に足を向けて眠れねえ、下手な騒ぎさえ起こさなきゃ、無宿者でも人別に名を記された者たちと同じように暮らしていける、こんな土地《ところ》は他にはねえ、と、鞘番所に向かって手を合わせる者もいると聞いてますぜ。旦那の世渡り下手が怪動を招いたなんて、そんなことをいう奴はひとりもいませんや」

苦笑いをして錬蔵が顔を向けた。

「具合の悪い安次郎に力づけられるようじゃ、おれも焼きがまわったようだな。もう、つまらぬことはいわぬ。何度もいうが、ぁ奴との真剣勝負だけはやらせてもらうぞ。おれの腕を試してみたいのだ」

「わかりやした。もう、四の五のいいやせん。存分に戦ってくだせえ」

「そういってもらうと気が楽になる。存分に勝負させてもらう」

「引き上げやしょう」

「そろそろ前原も帰ってくる刻限だ。急ごう」

歩き出した錬蔵に安次郎がつづいた。

半刻（一時間）後、錬蔵は深川大番屋の長屋の板敷の間で円座を組んでいた。

「今夜も扇屋は吉原から出なかったか」

「他の見世へ三度ほど出かけましたが、たいした用ではなかったらしく、いずれも小半刻（三十分）もしないうちに出てきて扇屋へもどっています」

うむ、と首を傾げた錬蔵が、

「動かぬのなら動かざるを得ないような手立てを講じねばならぬ」

「策があるのですか」

問いかけた前原に、

「ある」

「どんな策で」

身を乗り出した安次郎に錬蔵が顔を向けた。

「河水楼や藤右衛門がやっている他の見世見世に見張りがついている。最初は岡部配下の岡っ引きだとおもっていたが、それにしては張り込んでいる人数が多すぎる。で、明日、おれと安次郎、溝口と小幡とともに片っ端から見張りの連中を捕らえ、牢屋にぶちこむ。溝口と小幡には、用部屋で朝の合議でつたえる」

身を乗り出すようにして前原が声を上げた。

「私もお連れください。扇屋の見張りは、夕刻からで十分です。いかに岡部さんでも昼間は奉行所でのお務めがあります。真っ昼間に、扇屋と岡部さんが会うことはありますまい」

「それは、まずかろう」

「まずい、とは」

「引っ捕らえた見張りの者たちのなかに、扇屋の息のかかった者がいたらどうなる。捕らえた者たちを牢に入れたら必ず岡部が怒鳴り込んで来るはず。そうなれば解き放たねばなるまい。おまえの顔を見知った連中が吉原にもどることになる。張り込みがしにくくなるではないか」

「たしかに」

「眠ろう。明日は忙しくなる」

声をかけた錬蔵に、安次郎と前原が顎を引いた。


床に就いた錬蔵は、迎えに来た安次郎に出会ったことで途切れた、戸沢丈助のことばについて、思案しはじめた。

やがて、錬蔵は、再びひとつの答に達した。下種《げす》の後思案《あとじあん》、という諺《ことわざ》がある。錬蔵は、戸沢を人斬り稼業の悪党と決めつけていることに気づいたのだった。その偏見が、戸沢の発したことばの持つ意味を、必要以上にねじ曲げてとらえさせたのではないか、そのことばのままに、銭儲けのためには悪辣《あくらつ》な手立てもいとわぬ扇屋が用心棒として雇っている町道場があるかもしれぬ、と考え、吉原近辺の、剣術の町道場を虱《しらみ》潰《つぶ》しに調べていけばいいのではないか、とおもいついたのだ。

明日、前原に聞き込みにまわらせるか。そう決めた錬蔵は、いつのまにか深い眠りに落ちていた。

翌朝、用部屋には錬蔵と向かい合う溝口半四郎と小幡欣作、その斜め後ろに坐る前原伝吉、戸襖の前に控える安次郎の姿があった。

河水楼などの見世見世を見張る岡部吟二郎の手先たちを片っ端から捕らえていく、と錬蔵が告げると溝口が、

「そいつはおもしろい。ことさら手荒く扱ってやりましょう」

と腕まくりをした。

横から小幡が声を上げた。

「大八車を何台か用意しましょう。小者に牽《ひ》かせて持って行き、張り込む者たちを片っ端から縛り上げ荷台に乗せて大番屋へ運び込めばいい。数珠《じゅず》つなぎにして連れてくるより楽です」

「それはいい。小幡、すぐにも手配してくれ。昼前には大番屋を出る。昼飯は早めにすませておけ」

下知した錬蔵に、

「直ちに」

と応えて小幡が立ち上がった。用部屋から出て行く。

顔を向けて錬蔵が声をかけた。

「前原、吉原の扇屋から用心棒として雇われている町道場があるかもしれぬ。聞き込みをかけてくれ。噂を聞き込むだけでよい。ただし、遅くとも七つ（午後四時）までには、吉原に入り、扇屋の見張りにつくのだ」

昨夜の話し合いとは違う錬蔵のことばに、前原が途惑いを露《あら》わに問いかけた。

「扇屋が、町道場ぐるみ、用心棒で雇っているという噂があるのですか」

「それは、ない。いうなれば、おれの勘というやつだ。何の当てもない話だが、まずは動いてみてくれ」

「承知しました。出かけます」

脇に置いた大刀に手をのばした。

腰を浮かせた前原から目線をはずした錬蔵が、

「安次郎、そこでは話が遠い。溝口と三人で岡部の手先を捕縛する段取りを決める」

「わかりやした」

膝行《しっこう》した安次郎が溝口の斜め後ろに坐った。

ふたりを見やって錬蔵が告げた。

「溝口は小幡と裏口を見張っている手先を捕らえるのだ。おれと安次郎は表を見張る者たちを捕らえる。溝口と小幡の岡っ引きたちは昼の見廻りのため、松倉と八木の配下に組み入れられている。大番屋の小者四人を選び出して、おまえたちの組下として働かせろ。おれも残る小者のうちから四人選び出し、配下とする」

「逆らって暴れたら峰打ちのひとつもくらわせてよろしいですな」

「かまわぬ。捕らえて大八車の荷台に縛りつけ、引き回し同然の扱いで次の見世へ向かうのだ。殺してはならぬが怪我ぐらいさせてもかまわぬ。容赦のない扱いに驚いて、張り込んでいる手先のひとりでも岡部のところへ駆け込んでくれれば、かえって好都合というものだ」

「好都合とは」

問いかけた溝口に錬蔵が応じた。

「岡部が怒鳴り込んでくるまでの間が早まるはず。岡部の出方次第で一件を落着するための手立てもみえてくる」

「たしかに。それでは腕によりをかけて、おもいっきり暴れさせてもらいます」

不敵な笑みを溝口が浮かべた。

三

河水楼に向かって、荷車を牽いた小者らを引き連れた錬蔵と安次郎が歩いていく。

張り込んでいる岡部の手先ふたりは、錬蔵たちを、ちらりと見やっただけで河水楼へ眼をもどした。ふたりは河水楼と向き合う茶屋の外壁に背をもたせかけ、近くの天水桶に積んであった手桶を拝借してきたのだろう、横にした、その手桶に腰を下ろしていた。様子からみて岡っ引きたちには、姿を隠す気など、さらさらないとおもえた。

そんな手先たちに向かって錬蔵と安次郎が歩み寄った。

先達をつとめた安次郎が手先たちの眼前に、手にした十手を突きつけた。

「これが何だかわかるかい」

「十手だ。おれも持ってるぜ」

目明かしが帯に差していた十手を引き抜いて、かざしてみせた。

ふん、と鼻先で笑った安次郎が、

「その十手は、深川では役に立たねえぜ」

「何だと」

立ち上がった目明かしに、安次郎の背後にいた錬蔵が声をかけた。

「深川大番屋支配、大滝錬蔵である。おまえたちは誰の指図でここにいるのだ。おれは、御奉行から深川の差配をまかされている。そのおれに一言の断りもないとは何事だ。いえ、指図した者の名を」

「北町奉行所の与力、岡部吟二郎さまのお指図で」

「岡部からは何も聞いておらぬ。察するに、おまえたちは岡部の名を出して、おれを謀《たばか》る気だな」

「そんな、あっしらは、たしかに岡部さまから命じられて」

「問答無用。安次郎、こ奴らを引っ捕らえろ」

いうなり錬蔵が帯から引き抜いた十手で、目明かしの首の付け根をしたたかに打ち据えた。眼にも留まらぬ早業だった。

大きく呻いて目明かしが気を失い、その場に崩れ落ちた。残るひとりが立ち上がった。その鳩尾《みぞおち》に安次郎が十手を突き立てる。

くぐもった声を上げ、残るひとりが躰をくの字に曲げて気絶し倒れ込んだ。

背後に控える小者たちを振り向いて錬蔵が告げた。

「後ろ手に縛り上げ、大八車の荷台にくくりつけろ」

顎を引いた小者たちが、横たわる岡っ引きたちに駆け寄った。ひとりが懐から捕縄を取り出し、ひとりが岡っ引きを抱き起こした。

小者たちが二人一組となって、それぞれ目明かしと下っ引きを縛り上げていく。

その様子を、鋭い眼差しで錬蔵が見据えている。


その頃、河水楼の裏手では、大八車を牽《ひ》いた小者たちをしたがえた溝口と小幡が、張り込んでいる手先に歩み寄っていた。ふたりとも、にこやかな笑みをたたえている。

ふたりで左右から手先を挟み込むようにして、溝口が声をかけた。

「深川大番屋の者だ。張り込みは大変だろう」

立ち上がった手先がおずおずと応えた。

「いえ、そんなことは。お務めですから」

「お務めか。誰から命じられた」

「北町奉行所の与力、岡部さまからのお指図で」

「岡部さまのお指図だと。北町奉行所からは何の通達もないぞ」

手先に顔を近づけて溝口が、ことばを重ねた。

「おまえ、嘘をついてるんじゃねえのか」

「嘘だなんて、そんな。あっしゃあ、たしかに岡部さまの」

横から小幡が声を上げた。

「いいや、おまえは嘘をついている。溝口さん、こいつは嘘をついている。間違いないですよ」

「そんな、あっしは嘘なんか」

「ついてないとはいわせねえぞ、嘘つきめ」

声を荒らげた溝口が、いきなり、手にした十手で手先の頬を殴った。

激痛に手先が悲鳴を上げた。

「いけませんよ、溝口さん。ふたりで楽しむっていったじゃないですか」

笑みをたたえたまま、小幡が十手で前屈みになった手先の首の後ろに痛烈な一撃をくれた。

呻いて倒れそうになった手先の髷《まげ》を摑み、顔を仰向かせた溝口が、

「張り込みはつらいだろう。楽をさせてやるぞ」

十手で額《ひたい》を殴った。小幡も殴る。

額が割れて血が溢《あふ》れ出た。が、手先が血まみれになった顔を拭くことはなかった。髷から手を離すと、すでに気を失っているのか、手先はそのまま地面に倒れ込んだ。

小者たちを振り向いて溝口が声をかけた。

「こいつを後ろ手に縛りあげ、大八車の荷台に積み込め。正気づかせる必要はない。気絶したままのほうが扱いやすいからな」

うなずいた小者たちが横たわる手先に歩み寄った。

荷台に岡っ引きたちを縛りつけた大八車を小者に牽かせて、錬蔵と安次郎が歩いていく。その後から顔を血まみれにした手先を荷台に横たえた大八車を牽く小者たちをしたがえて、溝口と小幡がつづいた。

表櫓から裏櫓、裾継へと藤右衛門のやっている見世を錬蔵たちがまわっていくたびに、荷台に積んだ岡部の手先たちの数は増えていった。

いつのまにか道行く人たちが群れをなして、目明かしたちを荷台に縛りつけた大八車二台をしたがえ、すすんでいく錬蔵たちの後についで歩いていく。

土橋にある藤右衛門の見世の表には張り込んでいる手先の姿はなかった。

「いませんね」

声をかけてきた安次郎に錬蔵が告げた。

「どこかに隠れているかもしれぬ。小者たちと手分けして調べるのだ。小幡は裏手を探れ。大八車の見張りに小者ふたりは残してゆけ。万が一、捕らえた目明かしたちを奪い返そうと襲ってくる輩《やから》がいるかもしれぬ。おれと溝口は、この場で備える」

「わかりやした」

「承知しました」

相次いで安次郎と小幡が応え、それぞれ小者たちに顎をしゃくって持ち場へ向かった。

荷車の傍らに立ち、錬蔵と溝口はあたりに警戒の目線を走らせた。錬蔵たちを襲ってくる者たちの気配は感じられなかった。

小半刻ほどして安次郎たちが、少し遅れて小幡たちがもどってきた。

ふたりの復申は、いずれも、

「張り込んでいたとおもわれる手先たちの姿は、どこにも見あたりません」

というものだった。

一同を見渡して錬蔵がいった。

「張り込んでいる仲間たちが捕らえられているのを知って、泡を食って逃げたのだろう。鷲などには張り込んでいる連中が、まだいるかもしれぬ。段取りどおり、次の見世へ向かおう」

歩き出した錬蔵に安次郎、二台の大八車を牽く小者たちをはさんで溝口と小幡がつづいた。

鷲、大新地、石場と足をのばしたが、藤右衛門の見世を張り込んでいる手先たちの姿は見あたらなかった。

「おそらく捕縛の、あまりの手荒さに恐れをなして、雲を霞と逃げ去ったのでしょう」

話しかけてきた溝口に、

「いまごろは北町奉行所の岡部のもとへご注進に及んでいる者もいるはずだ」

応えた錬蔵に安次郎が口をはさんだ。

「あっしも、そうおもいやす。報告を受けた岡部の野郎の慌てぶりが眼に見えるようで」

うなずいた錬蔵が、

「引き上げよう。ゆっくりと大番屋へ向かう。大八車の荷台に縛りつけられた目明かしたちの惨めな姿を、できるだけ多くの人に見せつけるのだ。江戸中の噂になればなるほど岡部も動かざるを得まい。どういう手を打ってくるか、楽しみだ」

目線を安次郎から溝口、小幡へと流して不敵な笑みを浮かべた。

深川大番屋へ向かう道すがら、錬蔵は前原の動きにおもいを馳せていた。

探索の手がかりになるように、さりげなく発したことばなのか、たまたま口にした一言なのか、そのあたりのところは戸沢との触れ合いが皆無といってもいい錬蔵には、よくわからなかった。

が、扇屋が、荒事を仕掛けなければ始末がつかない事態に備えて、主、門弟たちを一括りにして町道場をひとつ、用心棒として常雇いしていても何の不思議もなかった。

律儀《りちぎ》な性格の前原は、何事にも手を抜くことができなかった。その真面目さが仇《あだ》になるときもある。噂を聞き込むだけですませてくれればいいが。錬蔵のなかに一抹の不安が芽生えていた。

相手は、海千山千の、悪事にまみれた連中である。悪事にどっぷり浸っている輩は、人並み外れて警戒心も強い。わずかでも不審を抱けば、捕らえて口を割らせろ、と襲いかかってくる恐れもあった。

今夜も錬蔵は、安次郎とともに見廻りをすることになっている。大番屋にもどるのは深更になるだろう。いずれにしても、前原の顔を見るまでは安堵できぬ。そうおもいながら錬蔵は歩きつづけた。

四

河水楼で錬蔵たちが目明かしたちを引っ捕らえていた頃……。

下谷にある二百石取りの旗本の屋敷で開帳されている賭場に、前原はいた。

昼前に大番屋を出た前原は、深川の馴染《なじ》みの地回りのやくざに聞き込みをかけようと、その男が住み込んでいる一家に顔を出した。

谷中から下谷にかけて、あまり質のよくない連中が集まる賭場はないか、と問いかけると、首を傾げて記憶をたどっていた地回りが、ぽん、と拳《こぶし》で掌を叩き、そこは、江戸の遊び人仲間でも質の悪い、鼻つまみ者たちが集まっているところで、と教えてくれた賭場であった。

賭場に入っていくと地回りのいうとおり、人相の悪い、一癖ありげな男たちが集まっていた。場に加わるわけでもなく、一隅に置かれた飯台を囲んで、一升徳利をなかに湯飲み茶碗で酒盛りをしている浪人や遊び人たちもいる。

場は強引に割り込めば、なんとか坐れるほどの賑わいぶりだった。広間のあちこちで博奕に飽きた連中が円座を組んで酒盛りをしている。賭場というより無頼浪人や遊び人たちの溜まり場といった様相だった。

金箱を前に青白い顔をした、狐目の男が壁に背をもたせかけている。ほとんどが月代をのばしているのに、狐目の男だけが髪の手入れが行き届いていた。狐目は、当家の主なのかもしれない。

賭場に入った前原は、一隅に坐り、帯から鞘ごと抜いた大刀を抱くようにして、壁に背をもたせかけた。

月代をのばし、木綿の小袖に袴という粗末な出で立ちの前原は、無頼な暮らしにどっぷり浸っている荒んだ浪人にみえる。

あちこちに目線を走らせていた前原が、やおら立ち上がった。

大刀を左手に持ち、場の奥にある座敷で、飯台を囲んで酒盛りしている男たちに近づいていく。

歩み寄って来る前原に気づいたのか、茶碗を口に運ぶ手を止めて浪人が顔を上げた。頬に刀傷がある。陰鬱な、凍《こご》えた光を放つ眼が、前原を見据えている。

見返して前原が話しかけた。

「懐がだいぶ軽くなってきた。そろそろ稼がないと顎が干上がりそうだ。どこかに用心棒の口はないか、教えてくれ」

浪人のそばに坐っていた、ぎょろりとした眼の遊び人が口をはさんだ。

「用心棒の口を探しまわるのは勝手ですが、旦那、腕のほうはたしかなんですかい」

「茶碗をひとつ、天井に向かって投げ上げてくれ。おれの腕がわかる」

酒を一気にあおった刀傷の浪人が空にした茶碗を投げ上げた。

抜きはなった大刀を、前原が逆袈裟に振り上げる。迅速な太刀捌きだった。

斬られた湯飲みがまっ二つになって畳に落ちた。

「いい腕だ。が、いまのところ、用心棒の口の心当たりはないな」

刀傷の浪人が、飯台の上に置かれた湯飲み茶碗に手をのばした。

遊び人が声をかけてきた。

「仲間に声をかけりゃ、用心棒の口のひとつやふたつ、みつかるかもしれやせん。もっとも口入賃はもらいやすが」

「払おう」

「つなぎはどこでつければいいんで」

「実は宿無しでな。明日、ここにくる。できれば住み込みの用心棒の口が望みだ。金になる荒事を一手に引き受けている町道場の食客でもいい」

「ようがす。明日、お待ちしてます。それまでに用心棒の口のあたりをつけておきやす。ところで旦那の名は」

「前、前川安次郎だ」

「前川、安次郎さんですかい。明日、お待ちしてますぜ」

「当てにしていいのだな」

「まかせといておくんなさい」

遊び人が、ぽん、と胸を叩いてみせた。

「それでは、明日、また会おう」

大刀を腰に差し、前原が背中を向けた。

賭場から出て行く前原に眼を向けていた刀傷が脇にいる髭面の浪人に顔を向けた。

「後をつけろ。ほんとうに宿無しかどうか、たしかめるのだ」

「おれも、きな臭い野郎だとおもっていた」

酒をあおって手にした湯飲みを飯台に置き、髭面が立ち上がった。

前を行く前原が左手にある神社に入っていく。つけてきた髭面があわてて小走りに追った。

左に曲がり鳥居をくぐった髭面が呆然《ぼうぜん》と立ちつくした。

参道の左右には樹木が連なっている。身を隠す場所はいたるところにあった。

しばらく周りを見渡して首を傾げていた髭面が、意を決したか、足を踏み出した。

参道を奥へ向かって歩いていく。

鳥居近くの大木の後ろに身を隠した前原が、拝殿のほうへ遠ざかる髭面を見つめている。

髭面が、拝殿の前で、右へ左へと探しまわっているのを見届けた前原は、樹木づたいに鳥居のほうへ移動していった。

鳥居の柱の陰に身を移した前原は、髭面の動きに眼を注いだ。髭面が背中を向けた隙に通りへ出る。

やって来た方へ少しもどった前原は、ひとつめの辻を左へ折れた。

吉原へ向かって、前原は早足で歩みをすすめた。

五

　七つ前に、前原は吉原の大門の前に着いていた。大門のそばに町奉行所の与力や同心たちの詰めている面番所がある。

　面番所に顔を出せば顔見知りの同心がいるかもしれない。もしいたら、近くにある、剣術の町道場の噂を聞き込めるかもしれない。咄嗟に前原は、そうおもった。

　賭場で聞き込みをかけたら尾行がついた。自分では無頼の浪人になりきっているつもりだったが、心底、泥沼に浸かりきっている連中からみれば、どこか違ってみえたのだろう。隠密の探索に仕掛かっている町奉行所の手の者と疑われたのかもしれない。髭面の浪人がつけてきているのは賭場を出て、すぐに気づいた。吉原までついてこられては何かと面倒、と考え、尾行をまいた。いまでは、そのことを後悔している。

　もう、あの賭場には顔は出せない。下手に顔を出そうものなら刀傷の浪人などにからまれ、刃物三昧《ざんまい》の沙汰《さた》になるだろう。疑わしきは殺すか、手ひどいめにあわせて追い払う。それが無頼仲間の掟だった。そのことは、一時、用心棒稼業で日々のたつきを得ていた前原には、よくわかっていた。

髭面に声をかけ、引っ捕らえたほうがよかったのかもしれない。捕まえて責めにかければ、髭面が、なぜ尾行してきたかぐらいのことはわかるだろう。が、そんなことをしていると、扇屋を張り込むことができなくなるのはあきらかだった。

いまのおれにとって、どっちが大事な務めか決めろ、と問われたら、扇屋を張り込むほうを選ぶ。そうだと理屈ではわかっているのだが、髭面の浪人を捕らえなかったことが、みょうに気にかかっている。

面番所に数歩、向かったところで前原は足を止めた。前原が深川大番屋で錬蔵の手先を務めていることを、北町奉行所の、かつての同心仲間は知らない。いま面番所に顔を出し、たまたま顔見知りの同心に出くわして聞き込みをかけるとしたら、自分が、今どんな立場にいるか明かさなければいけない。話したら、当然、噂は北町奉行所中に広がり、岡部吟二郎の耳にも入るはずだった。

扇屋と岡部にかかわりがあるのは、推断できる。その岡部に知られるということは扇屋に前原のことがつたわるということを意味するのではないのか。そのことに気づいて前原は動きを止めたのだった。

踵を返した前原は大門へ向かった。

暮六つ（午後六時）になると吉原の誰そや行燈や茶屋などの見世見世に明かりが点る。それを合図としたかのように、厚化粧をし着飾った遊女たちが、籬《まがき》の奥に坐って客たちを待ちはじめる。不夜城と噂の高い吉原の、華やかな宴の始まる頃合いであった。

暮六つを、少し過ぎた頃、扇屋から主の五左衛門が出てきた。供をひとりも連れていない。扇屋の表の出入りを見張ることのできる誰そや行燈の後ろに身を置いていた前原が、ゆったりとした足取りで五左衛門の後を追った。

大門を出た扇屋は潜り門のそばで客を待っていた駕籠舁に声をかけ、町駕籠に乗り込んだ。

五十間道から衣紋坂へと、扇屋を乗せた町駕籠がすすんでいく。見え隠れに前原はつけていった。

町駕籠は、日本堤を山谷堀のほうへ向かっていく。

この間と同じだ。扇屋は山谷堀の船着場近くに停泊している猪牙舟に乗って、いずこかへ出向くつもりなのだ。待ち合わせている相手は、岡部吟二郎かもしれない。今度は、それを突き止められる。山谷堀には船宿、汐見の喜八が猪牙舟に乗って、おれが行くのを待っている。つけながら前原は、高ぶる気持ちを抑えきれなかった。

いつのまにか早足になっている。扇屋の乗った町駕籠に近づき過ぎたことに気づいて、前原は足を緩《ゆる》めた。

山谷堀の今戸橋を渡ったところで扇屋を乗せた町駕籠が止まった。

扇屋が降り立った山谷堀の南岸の水辺には、猪牙舟や船遊びのための屋根舟が、ひしめき合うように舫ってある。

南岸に建ちならぶ船宿の一軒から芸者たちを連れた数人の御店の主人風が出てきて、船着場に舷を接している屋根舟に乗り込もうとしていた。今戸橋をくぐって山谷堀から大川へ出、船遊びでも楽しむのだろう。

扇屋は、岸辺近くを顔見知りの船頭を探し求めて歩いていく。前原は、扇屋をつけながら、喜八が乗っている猪牙舟がどこにいるか目線を走らせていた。

船頭に声をかけた扇屋が猪牙舟に乗り込むのと、前原が喜八の姿を見つけだしたのが、ほとんど同時だった。

見逃してはいけない。

思わず前原は走り出していた。

声もかけずに猪牙舟に乗り込んできた前原のただならぬ様子に、喜八が棹《さお》を手に立ち上がった。

「目当ての人が乗ったのは、どの舟で」

声をかけてきた喜八に前原が、

「いま、今戸橋をくぐった猪牙舟だ」

無意識のうちに指でさしていた。声がうわずっている。

「わかりやした。旦那、指でさすのは止めてくだせえ。目立っていけねえ」

「そうだったな。扇屋の顔見知りの船頭がいたら、後を追おうとしていることに気づかれるかもしれん。これは、まずいことを」

慌てて前原が手を下ろした。

棹で土手を突いたのか、猪牙舟が水面を滑《すべ》って山谷堀の流れのなかほどに出た。棹を櫓に持ちかえた喜八が、扇屋を乗せた猪牙舟を追っていく。

櫓を操る喜八の腕は、並大抵のものではなかった。ほどよい間を置いて、扇屋を乗せた猪牙舟を追っていく。

大川を江戸湾へ向かって漕ぎすすみながら、喜八が前原に声をかけた。

「こいつは驚いた。あの猪牙舟、ひょっとしたら柳橋あたりの岸辺に着けるかもしれませんぜ」

「柳橋あたりに」

見やった前原の眼が、大川から神田川へ入っていく猪牙舟をとらえた。

どこの船宿の持ち物かわからぬが、舷側を着けた猪牙舟から扇屋が船着場に降り立った。

近くの岸に猪牙舟を着けた喜八が声をかけた。

「あっしはここで待っておりやす」

「万が一、おれがもどってこなかったら扇屋をつけて山谷堀までいって、扇屋が町駕籠に乗り込むのを見届けてくれ。明日、朝のうちに、様子を聞きに汐見に顔を出す」

「わかりやした」

猪牙舟から岸に飛び移った前原は、小走りに扇屋の後を追った。

船宿〈水月《すいげつ》〉と門柱の軒行燈に見世の名が書かれている。

瀟洒《しょうしゃ》な板屋根の開け放たれた木戸門には暖簾が掲げられていた。その暖簾をかきわけるようにして扇屋が入っていって、かなりの刻限が過ぎ去っていた。すでに二刻(四時間)近くになるかもしれない。

柳橋にある汐見とは、それこそ眼と鼻の先の船宿、水月で、扇屋が誰かと待ち合わせている。

予測していたとはいえ、あまりに急な成り行きに、前原は緊迫のあまり手に汗を握っていた。

水月の木戸門を見張ることができる河岸道の、土手沿いに植えられた樹木の後ろに前原は身を潜めている。

不意に客を送り出す仲居たちの声が聞こえた。

身を低めた前原が、水月の木戸門に眼を注いだ。

女将や仲居たちに送られて扇屋が出てきた。

つづいて姿を現した男の顔に前原は見覚えがあった。

男は、まさしく北町奉行所与力、岡部吟二郎その人だった。

数年前までは北町奉行所で毎日、顔を突き合わせていた岡部を、前原が見間違うことはなかった。

岡部の住まいはわかっている。そのことが、前原に、岡部をつけていくことを思いとどまらせた。岡部は、前原の知るかぎり北町奉行所では錬蔵に次ぐ剣の使い手だった。

剣の上手は、人の気配を察する力を人並み以上、持ち合わせている。おそらく、つけていっても尾行に気づかれるのがおちだ。この刻限なら、岡部はまっすぐ屋敷へ帰るだろう。

そう推察した前原は、遠回りしても駆け足で八丁堀へ向かえば、岡部が屋敷に入るのを見届けることができるだろう、と即断した。

水月の前で扇屋と岡部は二手に分かれた。

扇屋は船着き場へ向かっていく。歩いていく方角からみて、岡部は八丁堀へ帰るようだった。

岡部の姿が遠ざかるまで待って、前原は木の陰から姿を現した。

小走りになった前原は、岡部が歩いていったのとは反対の方角へすすんだ。最初の辻を左へ折れた途端、前原は駆け出していた。

走りに走った前原は、岡部の屋敷の表門を見張れる与力の屋敷の塀際に身を潜めた。歩いてくる岡部より早く八丁堀に着いた。そのことを前原は信じて疑わなかった。

耳をすます。

ほどなくして、足音が聞こえたような気がした。

眼を凝らすと、ゆったりとした足取りで岡部が歩いて来た。出で立ちが水月の前で見た岡部と寸分違わぬものだった。

間違いない。扇屋とあっていたのは岡部吟二郎だ。胸中でつぶやきながら前原は、じっと岡部を見据えた。

六章　迅速果敢《じんそくかかん》

一

捕らえた目明かしたちを牢に放り込んだ錬蔵は、溝口、小幡に夜廻りに出かけるまで休むよう命じた。溝口たちが牢屋から出て行くのと入れ違いに安次郎が風呂敷包みを下げて、もどってきた。安次郎は錬蔵にいわれて、怪我の手当をするための薬類をとりに小者詰所に行っていたのだった。

安次郎から薬を入れた風呂敷包みを受け取った錬蔵は、牢格子の隙間から差し入れ、頭格らしい目明かしに声をかけた。

「薬だ。怪我人の手当をしてやれ。そのうち、岡部が引き取りにくるだろう。町医者に診《み》てもらいたければ、岡部に頼んで連れていってもらうのだな」

恨めしそうな顔つきで目明かしが、錬蔵を上目遣《う》いに見やっている。あまりに手ひどい扱いをされて、錬蔵に逆らう気力も失せているようだった。

目明かしたちを入れた牢と藤右衛門の入っている牢の間には、二部屋、無人の牢がはさまっている。

目明かしたちを入れた牢から離れた錬蔵は、安次郎とともに藤右衛門の牢の前に歩み寄った。声をかける。

「藤右衛門、二、三日の間、騒がしくなるが我慢してくれ。岡部が引き取りにくるはずだ」

なかほどにいた藤右衛門が膝行して牢格子のそばに来て坐った。無精髭《ぶしょうひげ》に白髪《しらが》がまじっている。その髭が、錬蔵に、藤右衛門が一気に老け込んだかのように感じさせた。

じっと見つめて黙り込んだ錬蔵の変容に気づいて、藤右衛門が無精髭を撫でた。笑みをたたえて、いった。

「どうも、いけませぬな。無精髭をのばすと、顔つきが年寄りくさくなる。もっとも、私にしてみれば髭を剃《そ》る手間もかからぬし、年相応に見えて、若ぶる必要もない。いっそのこと、このまま無精髭をのばしっぱなしにしても悪くないな、とおもい始めたところでして。見慣れたら、藤右衛門の白髪髭の面つきも、それなりの味が出てくるのでは。いかがですかな、大滝さま」

いつもながらの藤右衛門の気づかいだった。入牢している藤右衛門に、これ以上のこころづかいをさせてはならぬ。そうおもった錬蔵は笑みをつくって、話しかけた。

「そうもいくまい、藤右衛門。常連客の前に顔を出し、四方山《よもやま》話などもしなければならぬ商い。白髪まじりの無精髭をのび放題にした、むさい顔を見せられたら、客は、飛び切り極上の、美味《うま》い酒も、肴《さかな》も、それこそ、まずく感じるのではないか」

「それは、困りましたな。髭を剃る手間から逃げられないではないですか。面倒なことですな」

屈託のない藤右衛門の笑い声が、牢屋のなかに響き渡った。

血相を変えて岡部吟二郎が大番屋に怒鳴り込んでくるのではないか、と考えていた錬蔵は、届出書に眼を通したり、返答をつたえねばならぬ依頼書への請け書を書いたりしながら、夜廻りに出かける刻限を小半刻（三十分）ほど遅らせた。

研ぎに出したりしたときなどに備えて用意しておいた長脇差を腰に帯びた安次郎が、用部屋へ顔を出し、

「そろそろ出かけねえと、見廻ると決めたあたりの半分も回りきれませんぜ」

と戸襖をあけたまま、用部屋に入ろうともせず廊下から声をかけてきた。

「そんな刻限か」

立ち上がった錬蔵が刀架に架けた大刀に手をのばした。

大島川に架かる大島橋を渡って二十間川沿いに石置場、佃《つくだ》町へと抜け、平野《ひらの》橋を渡り入船《いりふね》町から三十三間堂町へ出、十五間川を永居橋で渡って、木置場を右手にみながら大和町、左に折れて仙台堀沿いに亀久町、冬木町、蛤《はまぐり》町、万年町、永堀《ながほり》町、今川町と岡場所の点在する一帯をまわって大川へ突き当たるというのが、今夜の錬蔵と安次郎の見廻りの道筋であった。溝口と小幡は大川沿いに佐賀町、相川町、中島町へと抜け、黒江川沿いから油堀沿い、枝川沿いと散在する岡場所を夜廻ることになっている。

いずれにしても、とても一晩で回りされる広さではない。錬蔵、安次郎の組と溝口、小幡の組は、慣れすぎて見落としたりすることを防ぐために、おおまかに、ふたつに分けた見廻りの道筋を一日おきに取り替えて回るとあらかじめ決めてあった。

岡場所の茶屋や局見世などが建ちならぶ一角は人の往来も多く、深更まで明かりも点っているのだが、岡場所と岡場所の間をつなぐ道筋は、まさしく漆黒の闇といった有り様だった。

歩きながら安次郎が背中ごしに話しかけてきた。

「岡部の野郎、来ませんでしたね。逃げた手先は北町奉行所に駆け込んだに違《ちげ》えねえんだが」

「捕らえたうちのふたりは岡部の手先に間違いない。藤右衛門に拐かし一味の疑いあり、と河水楼に岡部が乗り込んできたときに、そばにいたので顔を見知っている。が、ほかの連中が、岡部の手先かどうか、よくわからぬ」

「と、いいやすと」

「どこぞから張り込みのためにかり集めてきたのかもしれぬ」

「どこぞから、といいやすと」

「扇屋と岡部がつながっているとすれば、吉原の男衆かもしれぬ。いまのところ、断定はできぬ」

「扇屋と岡部はつながっているに決まってまさあ。二、三人、痛めつけりゃ、どこの誰か白状するんじゃねえですか」

「とりあえず岡部の出方をまとう。何の動きもしないで、このまま引っ込んでいる岡部ではない。動かないとすれば何か理由があるのだ」

「腹の探り合いってやつですかい。じれってえ話だ」

それから後、ふたりが岡部について口にすることはなかった。

暗がりに眼を凝らしながら、錬蔵と安次郎は見廻りをつづけた。結句、回るつもりでいた一角の半ばほどたどったところで深更となった。

「引き上げよう。前原が帰っているはずだ」

声をかけた錬蔵に、

「何か動きがあったらいいんですが」

応えた安次郎の声がこころなしか沈んでいる。

深川大番屋にもどった錬蔵と安次郎を、前原が長屋で待ち受けていた。

表戸を開けて入ってきた錬蔵を見るなり、板敷の間の上がり端に腰を下ろして待っていた前原が、弾かれたように立ち上がった。

「会いました。扇屋と岡部さんが、柳橋の船宿、水月で、会いました」

話しかけてきた前原の声が高ぶっている。

「しかと見届けたか」

問いかけた錬蔵に、

「水月を出た刻限からみて、岡部さんは、どこにも寄らずに屋敷へ帰るはずだと断じて、遠回りでしたが走りに走って先回りし、岡部さんが屋敷に入るのを見届けました。水月を出たときと屋敷に帰ってきたときの岡部さんの出で立ちが同じものでした。水月の表で扇屋と別れ際に立ち話をしていたのは岡部さんに違いありません」

入ってきて後ろ手で表戸を閉めた安次郎が声を上げた。

「ほんとですかい。これで岡部の野郎と扇屋がつながっていることがはっきりしたわけだ」

上がり端に足をかけた錬蔵が、

「とりあえず板敷の間に上がって話を聞こう」

声をかけた。

壁際に坐った錬蔵と前原、安次郎が円座を組んだ。

顔を前原に向けて、錬蔵が訊いた。

「岡部と別れた後、扇屋はどうしたのだ」

「扇屋は猪牙舟を水月の船着場に待たせておりました。もどれぬときに備えて、山谷堀で猪牙舟から降りた扇屋が町駕籠に乗り込むのを見届けるよう、喜八に頼んであります。明日の朝、船宿、汐見に行き、喜八から扇屋がどうしたか聞くことになっています」

「おそらく扇屋も、岡部同様、見世にもどったのだろう。岡部が、今日、動かなかったわけが、これでわかった。おれたちが張り込む手先たちを片っ端から手ひどい扱いで捕らえたことが、扇屋と岡部を動かしたのだ」

横から安次郎が声を上げた。

「やりやしたね、奴らがどんな手を打ってくるか、楽しみだ」

うなずいた錬蔵が、顔を前原に向けて問うた。

「町道場の探索はどうだ」

「深川の地回りに、下谷界隈で質の悪い連中が集まる賭場を知らないかと聞き込みをかけました」

その聞き込みをもとに旗本屋敷で開帳している賭場に顔を出し、賭場の奥にある小座敷で飯台を囲んで酒盛りしている頬に刀傷のある浪人や遊び人たちに眼をつけ、用心棒の口はないかと声をかけたこと、遊び人が明日までに用心棒の口を探しておくといってくれたこと、再会を約して別れたが刀傷の浪人の仲間の髭面の浪人に後をつけられたこと、尾行に気づき、まいたことなどを前原が錬蔵に、かいつまんで話して聞かせた。

口をはさむことなく聞き入っていた錬蔵が、

「向後、その賭場に顔を出してはまずかろう、胡乱《うろん》な奴とおもわれたから後をつけられたのだ。顔など見せたら何をされるかわからぬ」

「私もそうおもいます。よかれとおもって、やってみた賭場の聞き込みですが、無頼浪人たちは用心深くて、懐に入り込むのは容易ではありませぬ。どうしたものかと」

「そうよな」

空に眼を据えて、錬蔵が黙り込んだ。

思案している錬蔵を前原と安次郎が無言で、じっと見つめている。

ややあって錬蔵が、誰に聞かせるともなく独り言《ご》ちた。

「道場破りか」

聞きとがめた安次郎が問いかけた。

「道場破りが、どうかしたんですかい」

目線をふたりに流して錬蔵が告げた。

「道場破りをしてまわるのだ。下谷から谷中の、評判の悪い、無頼者揃いの町道場に片っ端から乗り込んでいく。おれと前原のふたりでな」

「道場破りをした後、金になりそうな用心棒の口はないか、よさげな話を教えてくれたら道場の看板はもっていかぬ、と持ちかけるのですな」

すかさず訊いてきた前原に錬蔵が応じた。

「そうだ」

横から安次郎が口をはさんだ。

「仲間外れは御免ですぜ。道場破りなんておもしろそうな話、あっしも仲間に加えてくだせえよ」

「いいだろう。その代わり、安次郎、夜昼かまわず動きまわることになるぞ。夜廻りを休むわけにはいかぬからな」

「これだ。人使いの荒いお方ですよ、旦那は。けどね、今度ばかりは夜昼、働きづめに働いても文句はいいやせん。おおっぴらに道場破りできるなんて、こんなおもしろそうな話、金輪際《こんりんざい》あるとはおもえませんからね」

腕まくりして安次郎が不敵な笑みを浮かべた。

二

風呂敷包みを持ったお紋が歩いてくる。

まだ朝の五つ（午前八時）前であった。お紋は、呼ばれる座敷が、つねに掛け持ちになるほどの売れっ子芸者である。連夜、最後の座敷を終えて、住まいに帰るのは深更という暮らしぶりであった。

そのお紋が、髪もととのえ、薄化粧をして、地味だが、どこか華やかさを感じさせる小袖を身につけ、やってくる姿には、行き交う者たちを振り返らせずにはおかない小粋《こいき》さが漂っていた。

深川鞘番所の門番所の物見窓にお紋が、

「お紋だけど、潜り戸を開けてくださいな」

と声をかけると、物見窓の向こうから、

「すぐ開けるよ」

と声が上がり、門番所の表戸を開け閉めする音がした。

ほとんど間を置くことなく、表門の潜り口の扉が開けられた。

「いつもありがとさん。これ、わずかだけど、ほんのお礼の気持」

懐から小さく折った紙包みを取り出し、手渡そうとしたお紋に、

「とんでもねえ、こんなことしてもらっちゃ、何かとまずいやな。お務めでやってることだからさ」

門番が押し返した。

「あたしゃ深川の女だよ。一度出したものは引っ込められないよ。すんなり受け取るのが礼儀ってもんだ。恥をかかせないでおくれ」

艶然《えんぜん》と笑いかけたお紋が、門番の袖口に紙包みを押し入れた。

「そうかい。それじゃ、ありがたくもらっとくよ。みんなで飲み食いするときの足しにさせてもらうからね」

笑みをたたえて門番が小さく頭を下げた。

牢屋に足を踏み入れたお紋が、藤右衛門の入れられた牢に歩み寄った。

牢格子のそばで膝を折った。

「着替えを届けにきました」

手にした風呂敷包みを格子の間から差し入れた。

壁に背をもたせかけて坐っていた藤右衛門が立ち上がって、お紋の前に来て坐った。

「着替えをとりだしたら、着古したものを風呂敷に包んでください」

「いつもすまないね。そうさせてもらうよ」

風呂敷の結び目に手をのばした藤右衛門に、お紋が小声で話しかけた。

「政吉さんから藤右衛門親方への伝言があります」

結び目を解く藤右衛門の手が止まった。顔を上げて訊いた。

「政吉から」

「女衒たちがみょうな仲間意識を起こして、しめしあわせて口を拭っている。おもいあまって、万が一のことがあるかもしれないと作造の住まいを覗きにいったが、親方が鞘番所の牢に入れられた日に、猪之吉兄哥《あにい》が訪ねたときと同様、人のいる気配はない。親方に、いい知恵があったら教えてほしい。猪之吉兄哥も、どうしたものかと首を捻っている始末で、と政吉さん、ほとほと困り果てた様子でした」

「女衒たちが口を拭っているだって、そいつぁ、まさしく当て外れってやつだ」

うむ、と唸って、藤右衛門が空を見据えた。

ややあって、お紋に眼をもどした。

「政吉の伝言、大滝さまにつたえておくれ。私が、おそらく吉原の扇屋の手がまわっているんじゃないか、といっていた、ともな」

「わかりました。いますぐにでも」

立ち上がろうとしたお紋を藤右衛門が手で制した。

「いまはいけねえ。大滝さまは連夜の見廻りで夜が遅い。まだお休みになっているかもしれねえ。とりあえず私が着替えをすませる。それから案配をみて長屋をお訪ねするんだ」

「そうします」

再び膝を折ったお紋に笑みを向け、藤右衛門が風呂敷包みに手をのばした。

鞘番所のなかをお紋がゆったりとした足取りで歩いていく。藤右衛門の着古した衣類を包み込んだ風呂敷包みを手に下げていた。

そろそろ長屋へ行ってもよさそうな頃合い。そうおもって歩き出したお紋の足が止まった。

同心詰所の裏で、八木が妻女と話をしている。この間、見かけた時より、はるかに困惑しきった、陰鬱《いんうつ》な八木の顔つきだった。

視線を感じたのか、八木が顔を向けた。お紋に気づいたらしく、あわてて顔を背けた。八木の妻女が振り向いた。細い、切れ長の眼が凍《こご》えた光を放っている。近くでみたわけではないので断じられないが、八木の妻女の眼は蛇《へび》の眼に似ていた。

素知らぬ風を装って、お紋が歩き出した。

背中に視線を感じたが、お紋が振り返ることはなかった。

長屋に着いたお紋が表戸ごしに、

「お紋です。藤右衛門親方のところに来たついでに寄りましたよ」

わざと他人行儀な口調で呼びかけた。八木の妻女が、どこかに隠れて見ているような気がしたからだった。

なかから安次郎が表戸を開けた。

「なんでえ、よそ行きの声なんか出しやがって。誰かのいたずらかとおもったぜ」

お紋が小さく首を振って目配せをした。

その所作で、何かを感じとったらしく安次郎が小声で応じた。

「まあ、入んな」

「入らせてもらいますよ」

声をかけて、お紋がなかに入った。安次郎が、さりげなくまわりに目線を走らせて表戸を閉めた。

板敷の間に錬蔵は坐っていた。前に、湯飲み茶碗が置いてある。

もうひとつ、湯飲み茶碗が錬蔵の向かい側に置いてあった。おそらく安次郎の湯飲みだろう。

上がり端に立っているお紋に、背後から安次郎が声をかけてきた。

「上がりな。茶の支度をしてくるぜ」

「気ぃ使わせて、悪いね」

笑みを向けてお紋が応じた。

向かい合って錬蔵とお紋が、気を利かせたのか、少し離れて安次郎が坐っている。

「そうか。女衒たちが口を拭っているという政吉からの伝言か」

独り言のような錬蔵のつぶやきだった。

「藤右衛門親方は、おそらく吉原の扇屋の手がまわっているんじゃないか、と仰有《おつしや》ってました」

ことばを継いだお紋に、

「そうかもしれぬ。心配するな、何とかする。おれが、そういっていたと政吉につたえてくれ」

笑みをたたえた錬蔵にお紋が、

「あの」

といいかけて、口をつぐんだ。いっていいものかどうか、迷っている。そんなお紋の様相だった。

「どうした」

声をかけた錬蔵に、意を決したように顔を上げて、お紋がいった。

「何か、おかしいんですよ」

「何が、おかしいのだ」

「同心詰所の裏で、八木さんとご新造さまが立ち話していらっしゃったんです。何やら厭《いや》な話らしくて八木さんは困り切った、暗い顔をしてらして」

横から安次郎が口をはさんだ。

「そういやあ、お俊も、そんなことをいっていたな」

「お俊が、何といっていたのだ」

「一昨日も、昨日も、このところ、毎朝、八木さんのご新造さんが顔を出している。いつもはほったらかしで、滅多に姿をみせないのに、何かあったのかね、と昨日、顔を合わせたときに首をひねってやしたが」

はっ、としてお紋が身を乗り出した。

「その何かかもしれない。旦那、実は、先日、はじめて藤右衛門親方のところへ着替えを持ってきたときに、八木さんとご新造さまが同心詰所の裏で立ち話をしてらして、八木さん、弱り切っていて、気になったんでお俊さんに声をかけたんですよ。八木さんのところに女の人が来ている、誰だろうって訊いたら、お俊さんが八木さんのご新造さまだと教えてくれて。それで、いったんは気もおさまったんですが、みょうに気にかかって」

「みょうに気にかかって後でもつけたか」

問いかけた錬蔵にお紋が、

「はしたないとおもったんですけどね、つけていったんですよ。そしたら、ご新造さん、屋敷にもどらずに、まっすぐ北町奉行所へ行かれたんです」

「北町奉行所へ」

意外そうな声を上げた錬蔵に、

「旦那、八木さんは、北町奉行所じゃ厄介《やっかい》払いされて、鞘番所へ追いやられたお人だ。その八木さんのご新造さんが、のこのこと北町奉行所へ顔を出せるとは、とてもおもえねえ。こりゃ、何かありますぜ。そんな気がしやせんか」

問いかけた安次郎に錬蔵が応えることはなかった。

しばしの間があった。

顔を向けて、声をかけた。

「お紋、いい話を聞かせてもらった。が、いまの八木の妻女の話、誰にも話してはならぬ。いいな」

無言で、お紋が大きくうなずいた。

長屋からお紋が引き上げてから小半刻（三十分）ほど過ぎた頃、錬蔵は、藤右衛門の牢の前で膝を折っていた。

牢格子のそばに、錬蔵と向き合うように藤右衛門が坐っている。

首を傾げていた藤右衛門が、おもいついたことがあったらしく、錬蔵に顔を向けた。

「そういえば女衒たちは、娘たちを売らなければならないような羽目に陥っている土地《ところ》がどこにあるかを知るために、流れ者のやくざに、日頃から小遣いをやって手なずけていると聞いておりやす。案外、流れ者のやくざの筋から作造の行方を知る手がかりが見つかるかもしれませんな」

「流れ者のやくざか」

独り言《ご》ちた錬蔵に、藤右衛門が牢格子をはさんで顔を寄せた。

「大滝さま、このことは、やはりお耳にいれたほうがいいとおもいますので、申し上げますが」

「いってくれ」

「実は、さきほど八木さんが牢屋に入ってこられて、向こうの牢に入れられている男たちと何やら話をしておられましたが」

「八木が」

「私のほうにちらちらと目線を走らせておられるような気配でして、もっとも、私の勘違いかもしれませぬが」

「藤右衛門、その八木のこと、おまえの胸にしまっておいてくれ。おれも、しばらくの間、そうするつもりだ」

「承知しました」

「頼む」

見つめた錬蔵を、藤右衛門がじっと見返した。

三

用部屋には、錬蔵を待ちうけて溝口と小幡が控えていた。前原はその斜め後ろ、安次郎はいつものように戸襖のそばに坐っている。

上座に座して、錬蔵が告げた。

「溝口、小幡、夜廻りの前に下谷、谷中、浅草界隈の町道場の噂を聞き込んでくれ。悪い噂のある道場は、とくに念入りに調べるのだ。用心棒を引き受けていることの多い道場については、依頼主はどこの誰か、できうるかぎり、くわしくな」

「支度がととのい次第、出かけます」

応えた溝口に、

「そうしてくれ」

無言で顎《あご》を引いた溝口と小幡が、大刀を手に立ち上がった。

用部屋から溝口と小幡が出て行くのを見届けた錬蔵が、

「前原、安次郎、近くへ寄ってくれ」

向かい合って前原と安次郎が坐った。

「安次郎はすでに知っているが、さっきお紋が政吉の動きをつたえにきた。女衒たちは口を拭っていて、女衒たちから作造の行方を知る手がかりを得るのは難しいようだ」

「女衒たちは商いでは敵同士だが、仲間意識は強いと馴染みのやくざがいっていました。こいつは、厄介なことになりましたな」

声をかけた錬蔵に前原が溜息《ためいき》まじりに応えた。

「女衒たちは、馴染みになった流れ者のやくざから、娘たちを買いつけやすい土地《ところ》の噂を得ているということなのだが」

ことばを継いだ錬蔵に安次郎が、

「旅烏《たびがらす》のやくざか」

つぶやいて首を傾げた。

うむ、と首を捻った安次郎が、ことばを重ねた。

「ひょっとしたら、つながるかもしれねえ」

聞きとがめた錬蔵が訊いた。

「つながるとは」

「掏摸《すり》のなかにも渡り鳥がおりやす。道中師というやつで」

「道中師なら旅烏のやくざと馴染んでいる者もいるだろう。そういうことだな」

「そのとおりで。お俊の昔の掏摸仲間をたどれば道中師に、道中師に聞き込みをかければ旅烏のやくざにつながっていく。そうおもいやせんか」

横から前原が声を上げた。

「久助《きゆうすけ》という仲間うちでは兄貴分の掏摸が、御支配に惚れ込んでいるとお俊から聞いたことがあります。足を洗ったお俊が大番屋に住みついた頃、深川の掏摸たちは、いつ捕まるかびくびくしながら暮らしていた。お俊は、親方はもちろん仲間の住まいも知っている。が、いつになっても何の手入れもない。深川大番屋の御支配さまは、お俊を責め立てて掏摸仲間のことを聞き出そうとしなかったに違いない。掏摸たちのなかで、そんな話が広がっていった。それで、御支配さまは偉いお方だ、あんなお方は滅多《めった》にいねえ、惚れ込んだぜ、と、そんな話になった、とお俊がいっておりましたが」

一膝すすめて安次郎が、

「旦那、お俊を動かしやしょう。あっしがお俊と一緒に聞き込みにまわりやす」

「藤右衛門の無実を晴らす手伝いができる、とお俊も喜んで聞き込みに出かけるでしょう。道場破りにみせかけての探索、御支配と私だけでも、十分やれます」

傍らから、前原がことばを継いだ。

ぽん、と額を平手で打って、

「道場破りのこと、うっかり忘れてた。おもしろそうな話だったのに、悔しいねえ。けど、仕方ねえや。女衒の作造の行方を追うのも、大事なお務めだ。道場破りの口は、あきらめますぜ」

揶揄《やゆ》した口調をまじえて安次郎が応じた。

藤右衛門親方のお役に立てるのなら、と前原のいったとおり、お俊は二つ返事で、錬蔵の頼みを引き受けた。

「まだ昼前、久助は住まいにいるはず。すぐ出かけましょう」

といったお俊だったが、母親代わりで世話をしている前原の子、佐知《さち》と俊作《しゅんさく》の姉弟の面倒をみてくれるように小者や門番に頼んでいるうちに半刻（一時間）近く過ぎ去ってしまった。

そんなお俊を、心配そうに前原が見つめている。錬蔵は、前原がお俊に抱いているおもいを感じとっていた。それは、男と女の間によくある、いわゆる恋情ではない。ひとつの家を形づくっていくのに、欠くことのできない相手にたいして抱く、頼るこころ、いや、それよりも強い、縋《すが》るおもいに違いなかった。前原にとって、まさしくお俊はかけがえのない存在であった。

ふたりの子にたいする、さまざまな手配りを終えて、安次郎とともに出かけるお俊を、前原は表門の潜り口の前で見送った。

ふたりが万年橋を渡り終えるまで、前原は見つめていた。

「出かけるぞ」

頃合いを見計らって、編笠を手にした錬蔵が声をかけた。

背後にいる錬蔵に、はじめて気づいたのか、前原があわてて振り向いた。

「行きますか」

笑みをつくって応じた。

仙台堀に架かる亀久《かめひさ》橋近くの大和町に、その裏長屋はあった。

路地木戸を抜けると、路地をはさんで平屋の棟割り長屋が二棟、建っている。

入って三つめの表戸が、久助の住まいであった。

住まいの前に立って、お俊が声をかけた。

「久助さん、いるかい」

応えも待たずに表戸を開ける。

「いつものことながら気の短《みじけ》えことだな。戸を開けるまで待ってられねえのかよ」

ぶつくさいいながら、ひとつしかない四畳半の畳の間から出てきた久助が、板敷から土間に降り立って棒立ちとなった。

「これは安次郎親分、まさか、あっしを」

懐から取り出した十手を、袂で拭きながらお俊を押しのけるようにして、安次郎が土間に足を踏み入れた。

「事と次第によっちゃあ、そういうことになるかもしれねえぜ」

にやり、とした。

「お俊、何なんだよう、どうすりゃいいんだよう」

蛇に睨《にら》まれた蛙《かえる》のような久助の様子に、おもわず吹き出したお俊が、

「何だよ、大の男が。いまにも泣きだしそうな顔をしてるじゃないか。情けないったら、ありゃあしないよ」

十手の先を安次郎が久助の肩に載せた。

ぶるる、と久助が躰を震わせた。

「実はな、頼み事があってきたんだ。相談に乗ってくれるかい」

にこやかに笑って安次郎が話しかけた。

「何でもいいつけてくだせえ。お役に立ちます」

躰を強張らせて久助が上ずった声を上げた。

笑いながらお俊がいった。

「何をびくついてるんだよ、久助さん。安次郎さんのことばどおりさ。役に立ってお

くれだね」

ほっ、と安堵の溜息をついた久助が、

「はじめっから、そういってくれたらいいじゃねえか。肝をつぶして、冷や汗をかいてしまったぜ」

額に浮き出た汗を手の甲で拭った。

顔を向けて、ことばを重ねた。

「まずは奥座敷へ上がってくんな。そこで、相談事とやらをゆっくりと聞かせてもらいやしょう」

「何が奥座敷だよ。四畳半一間が奥座敷とは、聞いてあきれるよ」

悪態をつきながらお俊が、板敷に足をかけた。


畳の間で久助と向かい合って安次郎とお俊が坐っている。

女衒の作造の行方を追っている。聞くところによると、女衒たちは旅烏のやくざから買いつける娘たちの噂話を聞き込んで、商いの役に立てているそうだ。掏摸の同業の道中師なら、女衒と馴染みのやくざと懇意《こんい》の者もいるかもしれない。道中師をたどって旅烏のやくざたちと顔見知りになり、作造の居所を知る手がかりをつかみたい。

道中師に知り合いはいねえかい、と持ちかけた安次郎に、

「道中師ねえ。一肌脱いでくれそうな道中師か」

つぶやいて、ぼんやりとした顔つきで久助が空を見つめた。

わずかの間があった。

「いた」

と小さくいって久助がふたりに顔を向けた。

「又吉《またきち》という道中師なら、いま江戸にいるはずで。道中師は街道が稼ぎ場、旅から旅へと渡り歩いていて、住まいがあっても江戸にいることは少ないんで。急いで出かけやしょう。又吉の住まいは千住《せんじゅ》大橋近く、小塚《こつか》原《つぱら》町の裏長屋ですぜ」

そのことばに、安次郎とお俊がおもわず顔を見合わせた。

下谷山崎《やまざき》町の幡随院《ばんずいいん》などの寺院が連なる一角に、錬蔵と前原はいた。

上野山下へ出て茶店の老爺に聞き込みをかけたら、乱暴者揃いの道場が幡随院近くにある、みんなは不動《ふどう》道場と呼んでいるが、ほんとうの名かどうかはわからない、と、ことば少なに話してくれた。老爺が、錬蔵に話しながら、前原をちらちらと窺《うかが》っていたところから推察して、不動道場にかかわりがある連中かもしれない、と警戒し

たのかもしれなかった。

幡随院の近辺を歩き回れば見つけだせる。そう断じて錬蔵と前原は不動道場を探して歩いたが、なかなか見つからない。

歩きだして小半刻（三十分）ほど過ぎた頃、一升徳利《いっしょうどっくり》二本を手にぶら下げた、木綿の小袖に袴姿、いかにも粗末な出で立ちの浪人と行きあった。楊枝《ようじ》を口に咥《くわ》え、月代をのばし放題にした、みるからに無頼浪人といった様子の男だった。これから酒盛りでもするのだろう。

「あの浪人をつけてみるか」

小声で錬蔵が前原に声をかけた。

「一升徳利を二本ぶら下げているというのが、何やら気にかかりますな」

浪人の後ろ姿を見つめながら前原が応えた。

後をつけていくと、浪人は裏通りに面したしもた屋へ入っていく。しもた屋の前に立った錬蔵と前原の顔が訝しげに歪んだ。

〈一刀流　不動道場〉

と墨書された掌大の板が、申し訳程度に表戸脇の柱に掲げてある。

「看板にしては物足りませんが、とりあえず乗り込んでみますか」

声をかけてきた前原に、

「みるからに曰《いわ》くありげな道場。存外、おもしろい成り行きになるかもしれぬぞ」

不敵な笑みを錬蔵が浮かべた。

四

「頼もう」

不動道場の表戸を開け、前原が声をかけた。が、返答代わりに、何人かの馬鹿笑いが聞こえてきただけだった。

なかでは酒盛りが始まっているようだった。

顔を前原に向けて、錬蔵が話しかけた。

「どうやら聞こえぬふりをしているようだな」

「この手の道場では、よくある話です」

「なら、入らせてもらおう」

板敷の上がり端に錬蔵が足をかけた。前原が、それにならった。

奥へ入っていくと、襖《ふすま》をとりはずし、二間を一間にして使っているのか、十二畳ほどの広さの板敷の間のなかほどで、一升徳利を囲んで浪人たちが湯飲み茶碗を手に酒盛りをしていた。

全部で十一人か。走らせた目線で錬蔵は頭数を数えた。

鷲鼻《わしばな》の浪人が錬蔵と前原に気づいて顔をしかめた。

「断りもなく入ってきて、おまえら、痛いめをみたいのか」

「声をかけたが返答がないのでな、上がらせてもらった」

穏《おだ》やかな口調で錬蔵が応じた。

唇の分厚い、丸顔で小太りの浪人が声を高めた。

「帰れ帰れ、おれたちは、いま、忙しい。おまえたちの相手をしている閑《ひま》はない」

「一手御指南願いたい。ただし、おれたちが勝ったら看板をもらっていく」

応えた錬蔵に、道場主らしい眼の細い総髪の浪人が眼を向けた。

「当道場の主、富戸甲兵衛《ふとこうべえ》だ。看板など惜しくない。欲しけりゃもっていけ」

「富戸をもじって不動道場か。くだらぬ。道場が聞いて呆《あき》れる。何もかもが半端だ」

皮肉な前原の物言いだった。

「何とでもいえ。目障《ざわ》りだ。早く看板をもっていけ」

富戸甲兵衛が湯飲みの酒を一気に呷《あお》った。

眉ひとつ動かすことなく、錬蔵が告げた。

「そう簡単にはいかぬのだ。あんな玩具《おもちゃ》みたいな看板などいらぬ。実は、手元不如意《ふにょい》でな。一手御指南など、してもらわなくともよい。有り金全部を、いただこう。この場にいるみんなの有り金をな」

「欲しければ腕でとれ」

わめくなり、小太りが大刀を手に立ち上がった。大刀を引き抜く。富戸甲兵衛たちが、それにならった。

大刀を抜いた前原に錬蔵が、

「おれがやる。下がって入り口をふさげ」

「承知」

後退って前原が戸襖の前に立った。下段に構える。

「おれは、気が短い。こちらから行くぞ」

刀を鞘走らせた錬蔵が、富戸甲兵衛に向かって斬り込んだ。

迅速な錬蔵の太刀捌《さば》きに、富戸たちはついていけなかった。錬蔵が動くたびに、手首でも斬られたか、門弟たちが次々と大刀を取り落とし、刀をはじき飛ばされた。

戦う気も失《う》せたのか富戸たちが、大刀を下段に構えて迫る錬蔵に、壁際に追い詰められた。

「銭入れを足下に置け。早くしろ」

富戸たちが銭入れや巾着を懐《ふところ》から取り出して、足下に置いた。

「向こうへ行け。銭入れから離れるのだ」

一歩迫った錬蔵に、あわてて富戸たちが壁づたいに銭入れから離れた。

振り返ることなく錬蔵が前原に声をかけた。

「銭入れを拾ってくれ。拾い終わったら引き上げる」

銭入れに歩み寄った前原が、銭入れを拾ってひとつずつ懐に入れていく。最後のひとつに前原が手をかけたとき、血に濡れた手首を左手で押さえた富戸が声を上げた。

「頼む。全部はもっていかないでくれ。おれたちが食えなくなる。貯えがないのだ。用心棒の口にありついても、一文なしでは足下をみられて買いたたかれる」

「よかろう。半分ほど残してやる。ただし、用心棒で荒稼ぎしている、金回りのいい道場へ連れていけ。一ヶ所、連れていくごとに銭入れを三つずつ返してやる。三ヵ所つきあえば、すべて返してもいいぞ」

「ほんとうか」

「嘘はつかぬ」

「いますぐ行こう」

「ほかの連中は、追って来れぬよう、たがいに手足を縛りあえ」

「わかった、そうする」

門弟たちを振り向いて、いった。

「話は聞いたな。早く手足を縛りあえ。手拭いと腰紐《ひも》を使うのだ」

顎《あご》を引いた門弟たちが懐から手を入れ、腰紐をほどいて抜き取り、手拭いをとりだした。門弟たちが、たがいの手足を縛りあったのを見届けた錬蔵と前原は、富戸甲兵衛を案内役に不動道場を後にした。


さすがに用心棒稼業にどっぷりと浸かっている富戸甲兵衛だった。同業の用心棒や荒事の請負で儲《もう》けている御切手《おきって》町の村上《むらかみ》道場、下谷山伏《やまぶし》町の佐野《さの》道場、下谷通《とおり》新《しん》町の尾形《おがた》道場へと、足を止めることなく案内しつづけた。

村上道場、佐野道場と、行き着くたびに三つずつ銭入れや巾着を返してやると、富戸は押し頂くようにして受け取り、

「これで助かる。何しろ、おれも、門弟たちも剣の腕は、たいしたことがない。精一杯、強そうな顔をつくって肩をいからし、偉そうに振る舞っているだけだ。だから用

心棒の依頼は、できるだけ危ないめにあわないような、大店《おおだな》の娘の稽古事の警固とか、花見の町人同士の喧嘩《けんか》の仲裁役などを引き受けるようにしている。命がけの用心棒の口は、すべて断っているのだ。危ないめにあいそうな仕事ほど用心棒代は高い。だがな、命あっての物種だ。気の合う連中と酒を呑めれば、おれは満足なのだよ。上野や谷中にある岡場所を仕切るやくざや遊女屋の用心棒を受けている佐野道場や村上道場は金回りがいい。村上道場は岡場所だけではない。吉原の用心棒もやっている。これから行く尾形道場は、吉原から丸抱えされているといってもいいぐらいだ。うらやましいほど金を持っている。おれも、もっと剣の達者なら、いいおもいができるのにと、時々、悔しいおもいをすることもある」

みるからに気の弱そうな、曖昧《あいまい》な笑みを浮かべて、富戸甲兵衛が話してくれた。

稼業柄、無頼にみえるが、外見に似ず、富戸には人のいいところがあるのかもしれない。

尾形道場の門前で錬蔵と前原は、富戸と別れた。持っていた残りの銭入れと巾着を前原が返してやると、富戸は満面を笑み崩して喜び、何度も頭を下げて立ち去っていった。

町家の向こうに富戸の姿が消えるのを見届け、錬蔵は尾形道場の表門を見上げた。

肩をならべて立つ前原に声をかけた。

「おもいのほか、探索がはかどったな。とりあえず吉原に丸抱えされている尾形道場に乗り込むか」

無言で前原がうなずいた。

門構えからみて二百石取りの旗本屋敷ほどの大きさだろうか。開け放たれた長屋門の門柱には、

〈一刀流　尾形道場〉

と墨書された看板が掲げられている。

両開きの門扉は、開け放たれたままであった。

足を踏み入れた錬蔵が立ち止まって見渡すと、数百坪ほどの敷地に道場と住まいが建てられている。庭は、建家の周囲を取り囲むようにつくられていた。忍び込みにくい造り、と錬蔵は判断した。

瞬間……。

凄まじいほどの殺気が、錬蔵の背後から浴びせられた。

横目で前原を見やった。その目線が前原の目線とからみあう。前原も殺気を感じたのだろう。

背中を合わせるようにして、ふたりはゆっくりと振り返った。

表門の向こう、通りに羽織を羽織った武士が立っていた。背後に五人ほど、浪人風の男を引き連れている。いずれも月代をのばしていた。荒んだ顔つきが日頃の暮らしぶりを物語っている。

素早く目線を走らせた錬蔵は、噴き上がる驚愕《きょうがく》を、懸命に押し殺した。

浪人風のなかに戸沢丈助の姿があった。

「何をしておられる」

羽織の武士が声をかけてきた。色黒で四角い顔、大柄で、がっちりした体軀の持ち主だった。鋭い眼が錬蔵を見据えている。

「尾形先生に一手御指南願おう、とおもってまいりました」

「当道場の主、尾形亥十郎《いじゅうろう》は私だ。一手御指南願いたい、とは道場破りにきたという意味か」

そのことばを合図としたかのように、無頼浪人としかみえない門弟たちが、表門をふさぐように散開した。刀の鯉口を切り、柄に手をかける。尾形の背後に立つ戸沢だけは、なぜか動こうとはしなかった。

手を前に出して振った錬蔵が、

「道場破りなどと、そんな大それたこと、少しも考えてはおりませぬ。いまは尾形先生のお姿から発する気に、ただただ、うちのめされております。これにて、失礼させていただきまする。無断で入り込んだこと、平にご容赦ください。引き上げよう」

声をかけられた前原が、歩きだした錬蔵にならった。

「待て。おれは名乗った。おまえたちも名乗れ」

呼びかけられて足を止めた錬蔵と前原が、尾形を振り返った。

「小幡、半四郎と申す」

「前川、安次郎」

相次いで錬蔵と前原が名を告げた。

再び、歩きだす。

門弟たちは動こうとしなかった。

行く手をふさがれた錬蔵と前原が立ち止まった。敵意を剥き出して門弟たちが睨《にら》み付けてくる。が、錬蔵も、前原も、大刀の柄に手をかけようとはしなかった。

ふたりには敵意のないことが、その様子からみてとれた。

柄に手をかけた門弟たちが、錬蔵と前原に半歩迫った。

そのとき……。

「通してやれ」

と、声がかかった。声の主は、戸沢丈助だった。

「通してやれ、だと」

門弟のひとりが、横眼で戸沢を見た。

「ふたりとも刀の鯉口も切っておらぬ。斬り合う気がないのだ。戦う気のない者に斬りかかり、殺したら尾形道場の恥になるのではないか。そうはおもわぬか、尾形さん」

尾形さんと、名で呼びかけたところをみると、戸沢は尾形道場の客分なのかもしれない。

目線を戸沢丈助に走らせた尾形亥十郎が、門弟たちに顔を向けて、告げた。

「通してやれ」

不満げに顔を見合わせて、門弟たちが渋々、二手に割れた。

門を潜り抜けた錬蔵と前原は、悠然《ゆうぜん》とした足取りで尾形と戸沢の傍らを通り過ぎていく。

立ち去るふたりを見向きもせずに尾形が声をかけた。

「入るぞ」

音骨に怒気が含まれていた。

歩きだした尾形に、戸沢が、門弟たちがつづいた。

奥座敷の上座に坐るなり尾形亥十郎が、壁に背をもたせかけて胡座《あぐら》をかいた戸沢丈助に声を荒らげた。

「どうして止めた」

つづいて座敷に入ってきて居流れた、門弟のひとりが、

「そうだ。小幡半四郎などと、いい加減な名を名乗りおって、あいつは深川大番屋支配の大滝錬蔵に間違いない。深川を見廻っているところを、何度もみかけた相手だ。仕留めれば扇屋から大金をせしめることができる獲物《えもの》、取り逃がしたのは大損ではないか」

刀傷の残るげじげじ眉を吊り上げて、剣呑《けんのん》な眼をぎらつかせた。

せせら笑って戸沢が応えた。

「大滝錬蔵は深川大番屋支配だぞ。尾形道場の庭で斬り殺したら、ただではすまぬのではないか。大滝が囲みを破って、逃げおおせたときには、それこそ北町奉行所の手勢が尾形道場に押しかけてくることになる」

「北町奉行所なら、与力の岡部さんが手を回して、たいがいのことなら揉み消してくれる。心配なかろう」

げじげじ眉の応えに戸沢が呆れかえった。

「大滝は岡部と同じ北町奉行所の与力でもある。与力が襲われ、斬り殺されたということになると、北町奉行所の面子《めんつ》にもかかわる。ただではすむまい。一与力にすぎぬ岡部の力では揉み消すなど、とてもできまい。口を拭《ぬぐ》って、手勢のひとりとして尾形道場に押し寄せてくるのがおちだろう。岡部は、おれたちの味方ではない。金のために、仲間のふりをしているだけだ。そのことを片時も忘れるな。愚《おろ》かにもほどがある」

「愚かだと。許せぬ。庭へ出ろ」

大刀を手に、げじげじ眉が立ち上がった。

「やるか、容赦はせぬぞ」

脇に置いた大刀に戸沢が手をのばした。

顔を向けて、尾形が声を高めた。

「やめろ、村田《むらた》。おまえの腕では、戸沢には勝てぬ」

げじげじ眉は村田という名なのだろう。いまいましげに舌を鳴らして、その場に坐り込んだ。

一同を見渡して尾形が告げた。

「いまのところ依頼主の扇屋は、おれたちには、深川で辻斬りを繰り返してくれ、辻斬りの探索に深川鞘番所の人手がつぎ込まれ、ほかの探索がおろそかになるように仕組むのだ、といってきている。河水の藤右衛門を拐かしの一味に仕立て上げ、深川の岡場所は拐かしてきた女たちを遊女として働かせているとの証《あかし》をつくりあげて、怪動ができるようにするのが扇屋の狙いだ。いままで、頻繁に辻斬りが出没したら、陰で何者かが糸を引いているのではないか、と疑われる因《もと》になると考え、一晩に多くても二ヶ所で仕掛けるようにしてきたが、今夜からは四ヶ所で辻斬りするようにしよう。岡部殿から言い含められた深川大番屋詰めの八木という同心の妻女が、夜廻りの道筋を八木に調べさせて絵図にしてもらい、岡部殿に届けている。その絵図の写しを岡部殿が扇屋に、その扇屋から受け取って、いまは、おれの手元にある。その絵図を見ながら、どのあたりで辻斬りをやるか段取りを決めよう」

立ち上がった尾形が壁に歩み寄り、絵図が入れてあるのか、違い棚に置いてある木箱を手にとった。

おもいもかけぬ成り行きに、錬蔵は、ただただ驚いていた。歩きながら、そのことだけを考えている。

道場に帰ってきた尾形や門弟たちのなかに戸沢丈助を見いだしたとき、錬蔵は、わが眼を疑った。

素知らぬ風を装ってはいたが、おそらく戸沢も錬蔵と同じおもいだったに相違ない。

二度目に仕合ったとき、別れ際に発した戸沢のことばには、錬蔵の探索に役立つかもしれぬ、判じ物の意味合いが含まれていたのだ。そのときの戸沢丈助のこころのなかを、いま錬蔵は、あらためて胸中で探っている。

剣客としてのこころが、戸沢に甦ったのだ。そうとしかおもえぬ。すべてが、おれのおもいこみに過ぎぬのかもしれぬ。が、それでもいいではないか、と錬蔵は考えていた。

おれと戸沢のこと、安次郎以外に知られてはならぬ。あくまでも、おれの胸にしまいこんでおく。戸沢との勝負を楽しみにしているおのれがいることを、錬蔵は、あらためておもいしらされてもいた。

黙り込んだ錬蔵に、前原がことばをかけてくることはなかった。黙々と歩みをすすめている。

「引き上げるか。村上道場には明日、出向くことにしよう」

話しかけた錬蔵に、

「尾形道場を見張らねばなりませぬな。私たちの顔を知っている。そんな気がします」

顔を向けて、前原が応えた。

「おれも、そうおもう。連中が、いつ、どこで、おれたちを見かけたか、それが、気になる」

それきり錬蔵は口をつぐんだ。

ふたりは、黙したまま、深川大番屋へ歩いていく。


小塚原町の、又吉の住む裏長屋は、すぐにわかった。安次郎とお俊をつれて訪ねてきた久助を、又吉は笑顔で迎え入れた。

旅が好きで、道中師になったのも好きな旅をしたいからだ、と又吉は問わず語りに話してくれた。

口数が多いところが久助とよく似ている。そこらへんが、ふたりが気があうところかもしれない。久助と又吉のやりとりを聞きながら、お俊は、そうおもった。男芸者として、昔は座敷に出ていた安次郎は、さすがに人を見る眼ができていた。ふたりのお喋りに、口をはさむことなく相槌さえ打っている。

ふたりの四方山話は半刻（一時《じ》間）ほどつづいた。

さすがに焦れてきたお俊が、

「久助さん、そろそろ話を聞いてもらいたいんだけど、もういいかい」

と耳打ちした。

「いけねえ、そうだった」

首をすくめた久助が、又吉に頼み事のなかみを話し始めた。安次郎が岡っ引きだと聞かされた途端、あわてた又吉が逃げだそうと片膝を立てた。

「心配ねえんだ。安次郎親分は、おれが太鼓判を押すのなら又吉さんは信用のできる男だろう、又吉さんを男と見込んで頼みてえことがある、と出向いてきなすったんだ。道中師の又吉さんを捕らえにきたんじゃねえんだよ。げんに掏摸のおれが、何のお咎めも受けずに気安く口を利きあってるじゃねえか」

笑いながら押しとどめた久助に又吉が、

「そういわれりゃ、そうだな」

と、照れ笑いをしながら坐りなおした。

「女衒の作造という男を、わけあって探しているんだが、この作造、どこへ失せたか、さっぱり足取りがつかめねえ。女衒仲間も口が堅くてな、ほとほと困っているんだ。そこで耳にしたのが女衒たちが旅鳥のやくざ者を手なずけ、行く先々の噂を聞かせてもらって娘たちの買いつけの役に立てているという話さ。又吉さんが稼業柄、女衒と付き合いの深い旅鳥と顔見知りじゃねえかとおもってね、訪ねてきたんだ。知っていたら一肌脱いでもらえねえかな、頼むよ」

いつもの安次郎らしくない、お俊も驚くほどの腰の低さで、わずかではあったが、頭を下げたものだった。

そうなると又吉も、悪い気はしない。

「わかりやした。あっしでよけりゃ、お役に立てておくんなさい」

と胸を張った。

それから後の話は、とんとん拍子ですすんだ。

「千住宿の江戸口の近くに、浅五郎《せんごろう》という、日光《にっこう》街道沿いで商いをする女衒たちを仕切る元締では三本の指に入ると評判の大物が住んでおりやす。そこを見張っていれば、あっしの馴染みの旅鳥と会えるとおもいやす」

「いますぐ会える旅烏は、いないのかい」

口をはさんだお俊に又吉が苦笑いしながら応えた。

「そいつぁ無理な話だ。何せ相手は根無し草の旅烏、いま、どこで何をしているか、知っているのはお天道さまぐらいのものだぜ」

たしかに又吉のいうとおりだった。ほかに手がかりを摑《つか》む手立てがない以上、浅五郎の住まいを見張るしかない。腹をくくって、安次郎が問いかけた。

「浅五郎の住まいを見張るのに都合のいい場所に心当たりはねえかい」

顎に手をあてて、又吉が顔をしかめた。心当たりを頭のなかで手繰っているのだろう。

顎から手を離し、安次郎に顔を向けていった。

「浅五郎の住まいの斜向かいに、老爺が孫娘とやっている茶店がありやす。屋根裏部屋で窮屈だが、あそこなら頼み込めばなんとかなりやす」

「精一杯、頼み込んでくれ。すぐ出かけようぜ」

促《うなが》すように安次郎が腰を浮かせた。

深更になり、岡場所にある見世見世の燈火も少なくなった頃、深川では、あちこちで騒ぎが起きていた。

見廻りのときには、自身番にできるだけ顔を出すようにしてくれ、と錬蔵は配下の同心たちにいいつづけてきた。

自身番の仕切る町内で起こった異変を知ることができるのと、万が一、同心や手先たちが襲われたりなどして行く方知れずになったとき、その足取りをたどる手がかりにもなる、と考えていたからだ。

その自身番の店番《たなばん》が、血相を変えて夜廻りしている錬蔵たちを探しまわっていた。

辻斬りが相次いで出没し、三人が斬り殺されている。

辻斬りが出たと届け出があった自身番では、ついさっき見廻りにきた以上、近くにいるはず、見廻りの道筋の当てはついている、とりあえず追いかけて辻斬りが出たことを知らせなきゃいけない、と店番を走らせたのだった。追いかけてきた店番から、

「辻斬りが出た」

と告げられた錬蔵と前原は、急ぎ辻斬りの出た場所へもどった。三つの骸《むくろ》が転がっている。

骸をあらためているところへ、ほかの自身番の店番が、辻斬りが出たことを知らせてきた。

骸の切り口は、戸沢丈助の太刀筋がつけた痕ではなかった。

少なくとも戸沢は辻斬りはしていない。錬蔵の脳裏に尾形道場の門弟たちの顔が浮かんだ。

無駄足になるかもしれぬが、明日にでも尾形道場に乗り込んで門弟たちの大刀をあらためよう。そう決めた錬蔵のなかで、とある疑惑がふくれ上がってきた。

辻斬りは、錬蔵たちが見廻った道筋で起きている。まるで錬蔵たちが通り過ぎるのを待って、獲物を求めたかのような辻斬りたちの動きだった。

辻斬りたちは、深川大番屋の者たちが夜廻りする道筋を知っているのだ。誰が、その道筋をつたえたのか。

瞬間……。

脳裏に浮かんだ顔を強く打ち消そうとして、錬蔵は奥歯を嚙みしめた。

浮かんだのは八木の顔だった。

傍らで職人風の骸をあらためている前原が、ぼそりとつぶやいた。

「見廻りをして通り過ぎた後、辻斬りが現れている。つけられていた気配はなかった。なぜ、だ」

そのつぶやきが、一度は打ち消した八木の顔を、再び錬蔵の脳裏に浮かび上がらせた。

　どうしたらいいのだ、このまま、ほうっておくわけにもいくまい。錬蔵は八木に抱いた疑惑を打ち消せずにいる自分に、腹立たしささえ覚えていた。

五

　辻斬りにあった者たちの骸あらための、付近の調べを終え、錬蔵と前原が深川大番屋へもどってきたのは、七つ（午前四時）を大きくまわった頃合いだった。表門の潜り口を開けてくれた門番が、溝口と小幡は小半刻（三十分）ほど前に帰ってきた、と足を踏み入れた錬蔵と前原に告げ、ことばを重ねた。

「溝口さんから、御支配がもどってこられたら伝言してくれ、といわれています。二ヶ所に辻斬りが出て職人風と御店者風の男たち四人が殺された。くわしい話は、御支配の用部屋で毎朝やっている合議で復申する、とのことです」

「御支配」

　声を上げて前原が眼を向けた。

　無言で錬蔵が見返した。

「小幡さんが溝口さんにいっておられました。まだお帰りになっていないところをみると、御支配たちの夜廻りの道筋にも辻斬りが現れたのではないか、と。溝口さんは、おそらく、そうであろう、と応えておいででしたが」

門番のことばに、

「おれの道筋で三人、溝口たちの夜廻りの道筋で四人、合わせて七人か」

誰に聞かせるともなく錬蔵がつぶやいた。いままで手薄な人手で、知恵を搾《しぼ》り工夫しながら探索をつづけてきた。連夜、四ヶ所に辻斬りが出没し、七、八人を斬り殺していったら、どうなるか。錬蔵には、いい知恵は浮かばなかった。もっとも恐れていた事態がはじまった。そのおもいだけが、錬蔵をとらえた。

顔を門番に向けて告げた。

「寝ずの番の務め、ご苦労。急ぎの用ができたら遠慮なく叩き起こしてくれ」

「承知しました」

門番が頭を下げた。

眠気の醒めぬ眼で溝口と小幡が、その斜め後ろに前原が坐っている。錬蔵は上座に座していた。

用部屋は、張り詰めた気に満ちていた。

「私と小幡が聞き込んだ、無頼ぞろいの町道場の噂どおりですな、尾形道場は」

昨日、錬蔵と前原が、不動道場の富戸甲兵衛に案内させて尾形道場に乗り込み、見咎められて、逃げの一手を決め込んだ経緯《ゆくたて》を話して聞かせた錬蔵に溝口が応じ、小幡がことばを継いだ。

「聞き込んだかぎりでは、不動道場は凶悪極まる連中の集まりだとおもいましたが、実際に当たってみると大違いだった、ということですね。見ると聞くとは大違い。何事も自分の眼でたしかめねばなりませぬな」

すでに昨夜から今朝にかけて起きた辻斬りについて、それぞれが探り得たことをつたえ合っている。

尾形道場が辻斬りの根城であることを、戸沢丈助を見かけたときに、錬蔵は確信していた。が、溝口たちには、戸沢のことは、まだ話していなかった。剣の勝負が終わるまで、戸沢のことは口外しない、と決めている。

尾形道場が辻斬りにかかわりがあることを戸沢をからめないで、どう告げるか、錬蔵は、寝具《ねぐ》に入って考えつづけた。

よい思案は浮かばなかった。

発した錬蔵のことばは、何ら根拠のない、都合のいいものだった。

「おれと前原が尾形道場に乗り込んだ途端、深川に複数の辻斬りが出没している。辻斬りが一夜のうちに四ヶ所に現れ、七人も殺すなど、滅多《めった》にないことだ。おれが与力の役務について、こんなことは初めてなのだ。で、おれなりに考えてみた。得たのは尾形道場の門弟のなかに辻斬りがいるのではないか、との結論だ。何の根拠もない、おれの勘だが、この勘働きがなかなか馬鹿にならぬものでな。おれは、この線で探索をすすめる気でいる」

一膝すすめて溝口が声を上げた。

「御支配の勘働きで、これまでに何度か一件を落着したこともあります。何もせぬより動けば何かが摑めます」

横から小幡が告げた。

「まずはお指図を。私は、それにしたがいます」

目線を小幡から溝口に流して錬蔵が告げた。

「尾形道場に出向き、昨夜、深川で辻斬りがあった、尾形道場の門弟衆が深川の岡場所をぶらついているのを見かけた者がいて、とかくの噂のある道場、あの門弟衆が下手人ではないか、と訴えてきた。いろいろと言い分もあろうが、門弟衆の刀あらためをさせていただきたい、と申し入れ、刀あらためをしてくるのだ」

「わかりました。ふたりで念入りに刀あらためをしてきます」

ちらり、と遠慮がちに溝口を見やって、小幡が訊いてきた。

「おそらく尾形道場の門弟たちは血を吸ったことのない、曇りのない大刀を選んで、刀あらためのために持ってくるとおもいますが、そのときは、どうすればよろしいので」

「気づかぬ風を装って、黙々と刀あらためをしてくるのだ。刀あらためのの狙いは、深川大番屋が疑っている、生半可なことはできぬ、ということを尾形道場にそれとなく知らせることにある。今後は、無茶な動きを控えるかもしれぬ。おれは、万が一、尾形道場の門弟たちが暴発し、溝口や小幡に斬りかかってきたときに備えて、表門近くで身を潜めている。何か起きたら、大声を上げて、おれを呼ぶのだ」

「そうします」

応じて溝口が小幡を見た。小幡が顎を引く。

顔を向けて錬蔵が告げた。

「前原、いまいちど汐見に出向き、今日一日、山谷堀へ猪牙舟を出し、以前と同じように待っていてくれ、と喜八に頼め。色よい答えをもらったら、その足で吉原へ向かい、扇屋を張り込むのだ。動きがあるかもしれぬ」

「承知しました。すぐ出かけます」

脇に置いた大刀に前原が手をのばした。

「刀あらためだと。無礼千万、尾形道場の面子にかけて、ここから先は一歩も通さぬ」

式台に仁王立ちした村田が大刀の鯉口を切った。背後に立つ数人の門弟たちが、村田にならった。

「御用の筋だ。抗《あらが》えば斬る」

大刀の柄に溝口が手をかけた。小幡が刀の鯉口を切る。式台の前に立つのは溝口と小幡だけだった。岡っ引き、下っ引きはしたがえていなかった。

そのとき、声がかかった。

「逆らってはならぬ。お通しするのだ」

奥を振り向いた村田たちの目線に応じるように、値の張りそうな羽織、袴を身につけた尾形亥十郎が出てきた。村田たちが、二手に割れて、道をあけた。

式台に降り立った尾形が腰から大刀を鞘ごと抜いた。

その大刀を溝口に向かって差し出した。

「所用があって、急ぎ出かけねばならぬ。この場で刀あらためをしてもらいたい。脇差もあらためられるか」

大刀を受け取った溝口が、

「大刀だけを、あらためさせていただく」

懐から取り出した懐紙を口にくわえ、尾形の大刀を引き抜いた。

じっとみつめる。

ややあって溝口が、大刀を鞘におさめた。懐紙を口からはずし、

「曇りは、ござらぬ」

と、大刀を尾形に差しもどした。

受け取った大刀を腰に差した尾形が、村田を見返って告げた。

「刀あらためをしていただくのだ。痛くもない腹、探られても、いっこうにかまわぬではないか。くれぐれも粗相《そそう》のないようにな」

「承知しております」

応じて、村田が頭を下げた。

鷹揚にうなずき、控えていた門弟が式台の前に置いた草履に、尾形が足をのばした。

供もつれずに尾形が歩き去っていく。その尾形の後ろ姿を、町家の外壁に身を寄せた錬蔵が見つめている。錬蔵は、小袖を着流し、編笠をかぶった忍びの姿だった。

ふたつめの辻を右に曲がって、尾形が見えなくなった。

道場に錬蔵が眼を向けた。編笠の端を持ち上げて表門を見据える。いまごろは、尾形道場のどこかの座敷で、溝口と小幡が門弟たちの刀あらためをしているはずであった。

乗り込んだ溝口や小幡と、しばらくの間、門弟たちは押し問答をしていた。その様子を錬蔵は、通りすがりに騒ぎに気づいて立ち止まったかのように装って、表門の向かい側の町家の前から眺めていた。

押し問答の間に、尾形道場の奥座敷あたりで、別の門弟たちが血糊で曇った刀を隠し、人を斬ったことのない大刀を取りそろえたに違いない。取り替えるには十分すぎるほど間があった。このまま何事も起こるまい。そう推量して錬蔵は町家の外壁に背をもたせかけた。

尾形道場で溝口たちが刀あらためしている頃……。

女衒の元締、浅五郎の住まいをのぞむことのできる、茶店の屋根裏部屋の障子窓を細めに開け、又吉と久助が見張っていた。しきりに首を捻っている安次郎に、斜向かいに坐っているお俊が声をかけてきた。

「どうしたのさ、さっきから、首を捻ってばかりで、出来の悪い張り子の虎みたいだよ」

「何かを見落としているような気がして、どうにも気色悪いんだ」

「何が気色悪いのさ」

「おれたちゃ女衒とつきあいのある、又吉の馴染みの旅烏を見つけ出そうと、ここで張り込んでいるんだよな」

「そうだよ。それがどうかしたのかい」

「いえね。元締のところに、出入りしている女衒が訪ねてくることは、よくあることじゃねえかと、そう考え始めたら、みょうに落ち着かなくなってね。実のところ、苛々《いらいら》しだしたところなのさ」

「たしかに安次郎さんのいうとおりだね。旅烏のやくざが顔を出すより女衒仲間の出入りのほうが、はるかに多いはずだよ」

「お俊もそうおもうかい。それでよ、ひょっとしたら女衒の作造が顔を出すかもしれねえとおもいだしたのさ。そしたら急に落ち着かなくなってしまったのよ。何たって、ここにいる誰もが作造の顔をしらねえ、ときてやがる。ぬけぬけと出入りされても、まるっきり見分けがつかねえってことになっちまうのがおちだぜ」

「どうしよう、作造の顔を知ってる誰かを引っ張り出さなきゃいけないね」

うむ、と唸った安次郎が、

「ここは千住宿だったな」

「そうだよ。それがどうしたんだい」

「千住宿は奥州《おうしゅう》、日光両街道の、日本橋から数えてひとつめの宿場だ。東海道の品川《しながわ》宿と同じく江戸御府内のような気がしているが、南北、江戸町奉行所の支配の及ばないところだ。与力の岡部が、どんなに御用風を吹かせても何の役にも立たない土地《ところ》なのさ」

「何がいいたいんだい」

「政吉さ。町奉行所が支配できないところで政吉とおれたちがつるんで何をしようが、岡部の野郎は文句のひとつもいえねえ。そうだろうが」

「そうだ。たしかにその通りだよ」

声を高めてお俊がうなずいた。

「お俊、すまねえが一っ走りしてくれ。河水楼に行って政吉を連れてくるんだ」

「あいよ」

勢いよく立ち上がろうとしたお俊の肩を、安次郎があわてて押さえた。

「天井が低いんだ。頭をぶつけるぜ」

「そうだ。ありがとうよ」

中腰で立ち上がったお俊に、

「政吉とは離れてくるんだぜ。肩をならべて行くところを誰かにみられたら、後々、面倒だからな」

「そうするよ。それじゃ出かけるよ」

「頼りにしてるぜ」

「まかしといておくれな」

手で、ぽん、と胸を叩いて、お俊がつくりつけの梯子を降りていった。

あわてて前原は茶屋の外壁に身を寄せた。急ぎ足でやってくる尾形亥十郎を見かけたからだった。

扇屋へ向かっているのはあきらかだった。尾形は、まわりに目線を走らせることもなく、早足で扇屋へ入っていった。

そろそろ溝口と小幡が、尾形道場の門弟たちの大刀をあらためはじめた頃合いであった。半刻（一時間）ほども扇屋にいただろうか。尾形が難しい顔つきで出てきたときと同じように急ぎ足で大門のほうへ立ち去っていく。

今夜、必ず扇屋は動く。わずかの見落としもできぬ。前原は、無意識のうちに奥歯を嚙《か》みしめていた。

暮六つ（午後六時）過ぎに扇屋五左衛門が見世から出てきた。大門へ向かって歩いていく。身を隠していた誰《た》そや行燈の後ろから姿を現した前原が、扇屋をつけるべく足を踏み出した。

大門の前で町駕籠に乗り込んだ扇屋は、日本堤を行き、山谷堀沿いの待乳山《まっちやま》の下で駕籠を下りた。舫《もや》ってある猪牙舟を一艘ずつ覗き込むようにして、馴染みの船頭を探して歩く。

何もかもが先夜と同じだった。前原は喜八の猪牙舟を求めて岸辺を歩き続けた。

気がついたのか立ち上がって居場所を教えてくれた喜八を見いだし、前原が猪牙舟に飛び乗った。

扇屋を乗せた猪牙舟が大川へ向かってすすんでいく。巧みな櫓捌きで喜八が猪牙舟を追った。

扇屋を乗せた猪牙舟は、大川から神田川へ入り、柳橋の船着場へ着けた。

ここまで来ると扇屋の行く先は予測がついた。喜八に、船着場の手前の岸辺に猪牙舟をつけさせ、できるだけ音をたてないように気を配りながら、身を乗り出すようにして前原が土手に足をつけた。

つけられていることに扇屋は気づいていないようだった。後ろを振り向くこともなく、船宿、水月に入っていった。前原は水月の表を見張ることのできる、土手沿いの木の後ろに身を潜めた。


水月の奥座敷で岡部吟二郎と扇屋が向かい合って坐っていた。扇屋の斜め後ろに尾形亥十郎が控えている。

渋面をつくって腕組みをした岡部が話しかけた。

「いかに落ち度をつくるためとはいえ、いま聞いた扇屋の策、乱暴が過ぎるのではないか。もう少し時をかけ、真綿で首を絞めるように追い込んでいく、それが上策だとおもうが」

横から尾形が口をはさんだ。

「岡部殿の策にしたがった扇屋から命じられるまま、深川で辻斬りを重ねてきた。岡部殿は尾形道場の面々が辻斬りをやっていることを、深川大番屋支配の大滝錬蔵が気づくことは、まずあるまい、おもうがままに派手にやられよ、と申された。しかし、どこで嗅ぎつけたか昨日は、その大滝が道場破りを装って道場に現れた。動きを封じようと辻斬りを仕掛けたら、今日は同心ふたりが刀あらためにやってきた。探索の網の目は、次第にせばまっているのではありませぬかな」

そのことばを扇屋が引き継いだ。

「岡部さんが、河水楼などに下手な張り込みを仕掛けたことが、おもいもかけぬ大滝の強引な動きを生み出した。私が助っ人として貸し出した吉原の男衆は、口を割ったことが発覚したときの恐ろしさを知っております。それゆえ、どんなに責められても、自分がどこの誰々で、誰の指図を受けて動いたか白状することは決してありません。口を割るとすれば、考えられるのは岡部さんの手先しかいないのですよ」

溜息をついた岡部が上目づかいで扇屋を見た。

「わかった。此度は扇屋のいうとおりにしよう。明日にでも八木の妻女を動かし、段取りをつたえる」

「いいえ、これから八丁堀にもどられ、八木さんの妻女とやらに指図してください。

事を決行するのは明夜深更、これ以上、時はかけたくありません」

「明夜深更だと。それは、急ぎすぎではないのか」

驚きの声を上げた岡部に、

「尾形を岡部さんに付き添わせます。岡部さんが八木の住まいを訪ね、話をつけたかどうか、その成り行きを、すべて私に知らせるよう尾形に命じてあります」

「扇屋、それはやり過ぎではないか」

声を高ぶらせた岡部に大刀を手にとった尾形が、

「それでは岡部殿、出かけるとしますか」

声をかけ、凄《すご》みを利かせた笑みを浮かべた。


仲居に送られ、水月から出てきた扇屋たちの様子に、木の陰から見つめる前原が訝しげに眉をひそめた。

船着き場のほうに立ち去る扇屋を見送って、岡部と尾形が立っている。扇屋が土手に下りていくのを見届けたのか、岡部と尾形が肩をならべて歩き去っていく。

一瞬、前原が首を傾げた。目線を岡部たちに走らせたが、意を決したように踵《きびす》を返した。土手下の水辺に待たせてある喜八の猪牙舟へ向かって、身を低くしてすすんでいく。

深川大番屋に前原が帰ったのは、日付がかわって半刻ほど過ぎ去った頃だった。前原は、九つ（午前零時）を告げて吉原のなかで打ち鳴らされる拍子木の音を聞いて、引き上げてきたのだった。

潜り口を開けてくれた門番から、

「前原さんがもどってきたら長屋で待っている、との御支配からの伝言です」

と聞かされた前原は、その足で長屋へ向かった。

声をかけ、表戸を開けて前原が土間に足を踏み入れると、錬蔵は板敷の間に坐っていた。

向かい合って前原が坐ると、錬蔵が笑みをたたえて告げた。

「尾形道場の刀あらためからは、何も見いだせなかった。予測していた結果ではあったがな」

じっと見つめて、ことばを重ねた。

「前原の顔つきから察するに、扇屋に動きがあったようだな」

「まず扇屋に尾形がやってきました。姿を現した刻限から推測するに、刀あらためののさなかではないかとおもわれます。しばらくして、尾形が扇屋から出て行きました。暮六つを過ぎたら扇屋が出てきて」

大門の前で町駕籠に乗り込み日本堤から山谷堀へ行き、そこで猪牙舟に乗って柳橋の、先夜岡部と待ち合わせた船宿、水月に入っていったこと、半刻もしないうちに扇屋と岡部、尾形の三人が出てきたこと、扇屋と別れ、岡部と尾形がふたり連れだって立ち去っていったこと、扇屋をつけて吉原にもどり張り込んでいると、再び尾形がやってきたこと、尾形が扇屋から出て行くのを見届け、吉原から引き上げてきたことなどを、前原は錬蔵に話して聞かせた。

口をはさむことなく聞き入っていた錬蔵が、独り言のようにつぶやいた。

「岡部とともに立ち去った尾形が再度、扇屋へやってきたのは、新たにつたえねばならぬことができたからだろう」

「おそらく、そうではないかと」

「扇屋と岡部たちが何か謀《はかりごと》をめぐらせているのは明らかだ。どんな謀か、いまはわからぬ」

首を傾げて黙り込んだ錬蔵だったが、ややあって、前原に顔を向けて、告げた。

「夜も更けた。明日も働きづめに働かねばならぬ。眠ろう」

無言で前原が顎を引いた。

翌朝、同心詰所の裏手で、八木と妻女が人目を忍ぶようにして話をしている。

「そんなことは、とてもできぬ」

呻くようにいった八木に妻女が、

「あなたは、あの子が、紀一郎《きいちろう》がかわいくないのですか。出世させたい、いい暮らしをさせてやりたいと願わぬのですか」

「それとこれとは」

「岡部さまは紀一郎に肩入れしてくださると仰有いました。わたしは紀一郎に望みを託しております。岡部さまが引き立ててくだされば与力に昇進できるはず。わたしは紀一郎を、あなたのような、うだつの上がらぬ身にはしたくありません」

「おまえ、それは本心か」

「本心でございます。紀一郎も同じおもいです」

「紀一郎も、同じおもいだというのか。うだつの上がらぬ、情けない父と蔑《さげす》んでいるというのか」

「紀一郎は、出世をのぞんでいるだけでございます。立身出世して、父上に少し楽をさせてやりたい、と。あの子は、あなたがいかに頼りない父か知らないのです。だから、そんな馬鹿なことをいうのです。紀一郎の出世のためです、何でもやっていただきます」

尖《とが》った目で妻女が八木を睨みつけた。

その顔を八木が黙然と見つめた。

眼をそらして、つぶやいた。

「そうか。紀一郎が、立身出世して、父上に、少し楽をさせてやりたいと、そういったか」

「あの子にも、いずれわかります。あなたはわたしの望むものを何ひとつ与えてくださいませんでした。深川大番屋へ島流しされた能なし同心の妻と嘲《あざけ》られ、わたしがどんなに肩身のせまいおもいをしてきたか、惨《みじ》めなおもいで暮らしてきたか、みんな、あなたのせいでございます」

顔を妻女に向けて八木が告げた。

「話はよくわかった。紀一郎を、頼む」

「岡部さまの指図どおりになさるのですね」

「おれなりに、な」

「頼みましたよ」

いうなり背中を向けて、妻女が足を踏み出した。表門へ向かって歩いていく。

その後ろ姿を、立ちつくした八木が凝然《ぎょうぜん》と見つめていた。


四つ（午前十時）近くに、錬蔵が門番所に顔を出した。

「これは前触れもなく。何かありましたかな」

「いや、おれを訪ねて誰かこなかったか聞きたくてな。安次郎たちが探索に出ている。知らせが待ち遠しいのだ」

「安次郎さんの使いはきてませんが、八木さんの御新造さまが今朝方、見廻りに出られる前の八木さんを訪ねてこられましたが」

「八木の妻女が。珍しいことだな」

「いえ、それが、このところ、ちょくちょく顔を出されるので。こんなことを申し上げては何ですが、御新造さまも、八木さんをほったらかしにしていることが、少し気になりだしたのではないか、と仲間内で噂しあっている次第でして」

笑みをたたえた錬蔵が、

「手間をかけるが佐知と俊作のこと、よろしく頼む、前原もお俊も走り回っている。

ふたりとも寂しがっているだろう。何かと気遣ってやってくれ。そのこと、小者たちにもつたえてくれ」

そういって錬蔵が踵を返した。

門番所を出た錬蔵は牢屋へ足を向けた。

入ってきた錬蔵が藤右衛門の牢の前で膝を折った。

ちらり、と岡部の手先たちを見やった錬蔵が、牢格子の前に坐った藤右衛門に小声で話しかけた。

「あっちの牢にいる連中の様子はどうだ」

「先日、八木さんが顔を出されて、何やら話しておられましたが、あれ以来、それまで苛立《いらだ》たしげにあげていたわめき声もぴたりと止み、いまは静かなものでございます」

「今朝方、八木が顔を出さなかったか」

「来られました。頭格の男とことばをかわして、すぐに立ち去られましたが」

「やはり来たか」

「何か、ありましたか」

「いろいろとな。岡部たちとない知恵を絞り合っているところだ」

不敵な笑みを錬蔵が浮かべた。

昼前に、錬蔵は前原に命じて溝口と小幡を長屋へ集めた。

板敷の間で円座を組んだ錬蔵は溝口、小幡、前原へと目線を流した。

「今夜の夜廻りは、なしにしよう」

あまりに意外な錬蔵のことばに三人が顔を見合わせた。錬蔵がことばを重ねた。

「夜廻りに出かけたふりをして、高橋《たかばし》のたもとで待ち合わせる。頃合いを見計らって大番屋へもどるのだ。門番には、おれが声をかけたら素早く潜り口を開けるよう段取りをしておく。そのまま裏門へ向かい、近くの物陰に身を潜める。それから後のことは、まだわからぬ。すべては、転ばぬ先の杖《つえ》、と心得てくれ」

うむ、と呻いて溝口が独り言《ご》ちた。

「転ばぬ先の杖、でござるか」

脇から小幡が問いかけた。

「このこと、松倉さんや八木さんには、つたえなくてもいいのですか。昼の見廻りから引き上げてきているはずですが」

「相手が相手だ。松倉の剣の業前では足手まといになることはあっても、役には立たぬ。八木も似たようなものだ」

応えた錬蔵に溝口が訊いてきた。

「相手が相手といわれるところをみると、御支配には相手が誰か、見込みが立っている様子。どこの誰なのですか」

「それが、まだ、よくわからぬのだ。転ばぬ先の杖。いまは、そうとしかいえぬ」

笑みをたたえて錬蔵が応えた。


どんよりと雲が立ちこめている。忍び込むには格好の夜といえた。

深更になったことを告げるのか、それまで深川の岡場所のあちこちから風に乗って聞こえてきた、三味線や鉦、小太鼓の音がめっきりと少なくなって、いまでは途絶えたのではないかとおもえるほどの静けさに覆われている。

深川大番屋の裏門近くに置かれた天水桶の陰に錬蔵たちは潜んでいた。

と、黒い影がひとつ、闇のなかから浮かび出た。大小、二本の刀を差している。

小幡と溝口が顔を見合わせた。大番屋のなかで二本差しといえば、ここにいる者をのぞいては松倉か八木しかいなかった。

裏門に歩み寄った黒い影が門扉の閂《かんぬき》に手をかけた。

「あの後ろ姿は八木、あの馬鹿、何をしているのだ」

低く呻いて立ち上がろうとした溝口の肩を、傍《かたわ》らの錬蔵が押さえた。

見やった溝口に、錬蔵が無言で首を左右に振ってみせた。

「御支配、御支配は、すでに八木のことを」

顎をしゃくって、錬蔵が八木に眼を注ぐよう溝口をうながした。

門をはずした八木が扉を開けると、強盗頭巾をかぶった二本差したちが相次いで入ってきた。

強盗頭巾は十人いる。

「何をしている。早く牢屋へ案内しろ」

動こうとしない八木に、強盗頭巾の頭格が苛立った声を上げた。

その声に応えるかのように八木が、いきなり抜刀した。

「おれは、おれは深川大番屋の同心、八木周助。藤右衛門を無理矢理、牢破りさせる謀《はかりごと》の手伝いなど、できぬ」

わめきながら強盗頭巾たちに八木が斬りかかった。

強盗頭巾たちが一斉に大刀を抜き放ち、八木を取り囲む。

「おれは、おれは深川大番屋の同心、大番屋の同心なのだ。命を賭けて、ここを通さぬ」

「おのれ。裏切ったな」

頭格が斬りかかる。袈裟懸《けさが》けに斬りつけた大刀を受けた八木が、力負けして片膝をついた。

「死ね」

そのまま押さえ込み、八木の肩先を斬り裂こうと、大刀を握った手に力を籠めた頭格が、右手を押さえて、よろけた。押さえた左手の指の間から、突き立った小柄《こづか》がのぞいている。

八木が無我夢中で大刀を大きく横に振った。その刃が、頭格の腹を切り裂いた。血を撒き散らしながら、頭格が横倒しに崩れ落ちる。

「八木、助勢するぞ」

「八木さん」

「八木殿」

大刀を抜きつれて溝口が、小幡が、前原が駆け寄った。錬蔵も大刀を抜き放ってつづいた。よくみると、錬蔵の大刀の鞘の小柄櫃《ひつ》から小柄が失《う》せていた。頭格の右手に突き立った小柄こそ、錬蔵の投じたものに他ならなかった。

溝口たちが強盗頭巾たちと斬り結ぶ。

迫る錬蔵に気づいて強盗頭巾が斬りかかってきた。その強盗頭巾を、錬蔵はわずかに身を躱《かわ》して、一刀のもとに斬り捨てた。

「退《ひ》け。逃げるぞ」

その声に、残る強盗頭巾たちが裏門に向かって走った。

「ひとりも逃がすな」

吠え立てた溝口が強盗頭巾たちを追いかけ、ひとりを斬って捨てた。

さらに追おうとした溝口の耳に、

「死なせてくだされ。武士の情、死なせて、くだされ」

悲痛な八木の叫びが耳に飛び込んできた。

振り返った溝口の眼に、袂《たもと》でくるんだ大刀を腹に突き立てようとしている八木と、その手を押さえる錬蔵の姿が飛び込んできた。

「八木、馬鹿なことを」

呼びかけた溝口が駆け寄るのと、錬蔵が八木の手から刀を奪い取るのが、ほとんど同時だった。

「死なせてくだされ、私は牢破りの手引きをしたのだ。同心として取り返しのつかぬことを、したのだ」

身を震わせて嗚咽する八木の肩をつかんで錬蔵が声をかけた。

「八木、おまえは深川大番屋の同心、立派な同心だ。おまえが、おれは深川大番屋の同心、八木周助と名乗りを上げ、命がけで強盗頭巾に斬りかかっていったのを、ここにいるみんなが見届けているぞ。死んではならぬ。生き抜いて、深川大番屋同心としての責務を果たすのだ」

ことばを返すことはなかった。つっぷしたまま八木が、さらに大きく肩を震わせた。

そこへ、押っ取り刀でよろよろと現れ出た男がいた。

寝間着姿の松倉であった。

眠気の醒めぬ眼をこすりながら、のんびりと声をかけてきた。

「何やら騒がしい音が聞こえたが、何かあったのでござるか。何で八木が泣いているのだ。どうしたのだ」

きょろきょろと周囲を見渡した松倉が、あちこちに転がっている強盗頭巾の骸に気づいて、

「これは、大変なことに。何があったのだ」

驚愕に眼を見開いて騒ぎ立てる松倉に、溝口がおもわず吹き出した。大声で笑い出した溝口に、小幡が前原が合した。そんな溝口たちを錬蔵が微笑《ほほえ》んで見やっている。

次第に高まる八木の嗚咽《おえつ》と溝口たちの笑い声が重なり合って、大番屋のなかに響き渡った。


千住宿の茶店の屋根裏部屋の窓際に坐った政吉が、細めに開けた障子窓から、浅五郎の住まいを見つめている。

昨日、河水楼にやってきたお俊から安次郎のことばをつたえられた政吉は、猪之吉の許しを得て、富造とともに昨夜遅く駆けつけたのだった。

出迎えた安次郎は、富造の顔を見るなり軽口を叩いた。

「なんてこった、この狭い屋根裏部屋に政吉ひとり増えるだけでも息苦しいのに、富造までやって来たのかい。張り込みの押しかけ助っ人なんて聞いたことがねえや。いまさら帰れとはいえねえし、仕方がねえ、滅茶苦茶こき使ってやるぜ」

ことばとは裏腹に、安次郎の顔には笑みがみえた。

「毒舌は、男芸者の頃と、ちっとも変わらねえな」

「口は禍《わざわい》の元といいやすぜ」

揶揄する口調で応えた政吉と富造が、苦笑いして顔を見合わせたものだった。

どちらが先に見張るか、じゃんけんして負けた富造が政吉が朝飯を食い終わるまで見張りをし、いまは、一隅で躰を丸めて寝入っている。安次郎とお俊、久助と又吉が坐ったり、横になったりしている屋根裏部屋は、まさしく足の踏み場もないほど窮屈な有様だった。

そろそろ昼になる、両手を挙げて大欠伸《あくび》した政吉は、再び障子窓の間から浅五郎の住まいの表に眼を注いだ。


深川大番屋の牢屋の、岡部の手先たちを入れた牢の前に錬蔵、溝口、小幡、前原が居流れていた。

小者が牢の鍵《かぎ》をはずした。

溝口が扉を開け、

「出ろ」

と岡部の手先たちに向かって顎をしゃくった。

訝しげな表情をして手先たちが顔を見合わせる。錬蔵が、告げた。

「岡部殿から、昨夜、丁重な挨拶を受けた。真意がみえた故、取り調べることはなくなった。おまえたちをただいまかぎり解き放つ。牢から出て、どこへなりと勝手に立ち去るがよい」

「ほんとに牢から出ても、よろしいんで」

手先の頭格が訊いてきた。

「出てよい。ただし、おれの気が変わらぬうちに出るのだ」

穏やかな錬蔵の物言いだった。が、そのことばに含まれるものは、十二分に手先たちにつたわった。

「わかりやした。すぐ出させていただきます」

飛び上がるようにして立ち上がった手先たちが、われ先にと牢から出てきた。

「ならべ。一列にならぶのだ。おれが先導する。おとなしく指図にしたがうのだ」

十手を振って溝口が声を上げた。

手先たちが隊列を組んだ。歩きだした溝口にしたがうように足を踏み出す。手先たちの列のなかほど、左右に小幡と前原が、しんがりに錬蔵が位置した。

深川大番屋の表門の潜り口の左右を、溝口と小幡が固めている。手先たちが、次々と潜り口から出て行った。最後のひとりが足を踏み出す。つづいて錬蔵と前原が顔を見せた。

一塊になって立ち去る手先たちを錬蔵たちは、しばらくの間、見つめていた。

手先たちを眺めたまま錬蔵が声を上げた。

「あのしおれ具合なら、当分の間、深川には出入りしないだろう。昨夜の強盗頭巾たちの骸の顔あらためでもするか」

踵を返し、潜り口へ向かった錬蔵に溝口たちがつづいた。

骸は、裏門のそばにならべて横たえてあった。強盗頭巾はかぶったままにしてある。夜の闇のなかで顔あらためする愚を避けるために為した処置だった。

強盗頭巾を錬蔵たちが手分けして、ひとりずつはがしていく。

はがし終えて顔を上げ、溝口が声を高ぶらせた。

「おれがあらためたふたりの顔に見覚えがあるぞ。尾形道場の奴らだ」

「私が顔あらためしたふたりも、尾形道場で見かけた連中です」

「おれより刀あらためをした溝口たちのほうが尾形道場の門弟たちにくわしいだろう。ふたりの顔をあらためてくれ」

と錬蔵がいい、前原も声をかけた。

「このふたり、私が見た顔ではない。念のためあらためてほしい」

歩み寄った溝口と小幡が、錬蔵と前原が強盗頭巾をはぎとった四人の顔をのぞきこんだ。

「四人とも尾形道場で見かけた顔です」

眼を錬蔵に向けて小幡がいった。

「踏み込みますか、尾形道場に」

訊いてきた溝口に錬蔵が応えた。

「しばらくの間、泳がせておこう。おれたちが何も仕掛けてこないことに不安を抱いて、新たな謀を仕掛けてくるかもしれぬ」

「辻斬りを仕掛けてくるかもしれませぬぞ」

問いかけた溝口に、

「それはないだろう。尾形道場の奴らは、いつ、おれたちに踏み込まれるか、びくびくしているはずだ。新たな根城も探さねばならぬはず。辻斬りを仕掛ける余裕など、尾形道場の連中にはあるまい」

「そういわれてみると、たしかにそうですな」

うむ、と溝口が顎を引いた。

「とりあえず二日ほど、夜廻りも休んで様子をみよう。安次郎たちから、おもわぬ吉報があるかもしれぬ。出かけていては、その吉報も満足に受け取れぬからな。焦らぬと覚悟を決めて休んで頭を冷やす。さすれば、よい知恵も浮かぶかもしれぬ」

一同が無言で顎を引いた。


「作造だ。こんなところに隠れていやがったのか」

おもわず声を張り上げそうになって、政吉があわてて口を押さえた。

「作造だって」

跳ね起きた富造が、障子窓に向かって這いずった。千住宿の茶店の屋根裏部屋で、安次郎たちは張り込みをつづけている。

細めに開けた窓の隙間に富造が顔を押しつけた。小声でいった。

「間違いねえ、作造だ」

目線の先に、浅五郎の住まいの前で女衒仲間と笑い合って話している作造がいた。

振り向いて政吉が声をかけた。

「安次郎さん、作造が見つかった。捕まえようか」

膝行して窓辺に寄った安次郎が、

「大滝の旦那にお知らせするのが先だ。旦那の指図を仰がなきゃいけねえ」

振り返っていった。

「お俊、鞘番所に一っ走りして旦那に作造を見つけたとご注進するんだ。千住宿の江戸口の手前で、おれか政吉、富造の三人のうちのひとりが旦那たちの到着を待っているとつたえてくれ。それと、お俊、おめえはもどって来なくていい。明日は佐知ちゃんと俊作ちゃんの朝飯でもつくってやりな。そのほうが前原さんも存分に働けるぜ」

「わかった。ありがとう、安次郎さん。そうさせてもらうよ」

「早く行きな。これから先は荒事だ。腕によりをかけての男の出番だぜ」

腕まくりして安次郎が見得を切ってみせた。

「骨の髄まで男芸者だよ、安次郎さんは」

笑みをみせて、お俊が梯子を下りていく。

「藤右衛門親方の濡れ衣を晴らすために仕掛ける勝負どころだ。抜かりなく頼むぜ、お俊」

にわかに神妙な顔つきとなって、安次郎が声を殺してつぶやいた。

尾形道場の奥座敷には扇屋と脇に控える尾形亥十郎、向かい合って岡部吟二郎が坐っていた。壁に背をもたせかけて戸沢丈助が大刀を抱くようにして、胡座をかいている。

「八木の妻女は、おれのいいなりなどと、いまとなっては大笑いのおことばだ。逃げ帰った門弟ふたりの話では、その八木が真っ先に斬りかかってきたというではないですか」

咎《とが》める口調の扇屋のことばを、尾形が引き継いだ。

「おかげで拙者は、この道場から逃げ出さねばならなくなった。吉原から、さほど離れていない土地に移って、名を変えて道場を開くつもりだが先立つものがない。岡部さんから迷惑料を受け取りたいくらいだ」

「それはいいがかりというもの。迷惑料など払う気はない」

にべもない岡部の返答に、

「刀にかけても、とってみせるといったら、どうする」

大刀に尾形が手をのばした。

横から扇屋が声をかけた。

「仲間割れはお止しなさい。道場を手に入れる金など、私が用立ててあげますよ」

「ほんとうか、扇屋」

「嘘はいいません。それより岡部さん、あなたには、数日、ここにとどまってもらいます。万が一、深川大番屋の奴らが押し寄せてきたら、北町奉行所で調べている。手出しは無用、とつっぱねて引き上げさせるのが、あなたの役目です。その間に、尾形さんたちが引き移る新たな道場を見つけ出さねばなりません」

「こころあたりはあるのか」

問いかけた尾形に扇屋が応えた。

「いまはありません。が、二、三日、吉原の男衆をあちこちに走らせれば、すぐに見つかりますよ」

「当てにしていいのだな」

「尾形さんには、これからも役に立ってもらいます。扇屋五左衛門は、役に立つお方は大事にする男です。それより、尾形さんにすぐにも動いてもらいたいことをおもいつきました」

「何だ。何でもやるぞ」

「男をふたりほど始末してほしいのです。その男たちさえ殺してしまえば、河水の藤右衛門の無実を晴らすことができる者はひとりもいません。岡部さんが大滝錬蔵とかわした、半月の間に藤右衛門の無実を晴らすという約定。その約定を大滝は守れなかったことになります。藤右衛門の躰を岡部さんが引き取り、拷問にかけて自白した、とすれば、事はうまく運びます」

「承知した。選りすぐりの門弟十数人を引き連れて、おれが自ら、ふたりの始末に出向く」

顔を向けて、ことばを重ねた。

「戸沢、今度はおれと一緒に出向くだろうな」

問いかけに応えることなく、黙って戸沢が左手を差し出した。

「何だ、その手は」

「男ひとりの始末料十両、ふたりで二十両。先払いしてくれ。よく切れる大刀を買った。おもいのほかの高値でな、金がないのだ」

「戸沢、おまえという奴は」

睨みつけた尾形を手で制して、

「お止しなさい。戸沢さんは尾形さんが一目置く剣の使い手、その二十両、私が払いましょう。ただし前金は十両、後の十両は仕事を終えてからの払いということにしたいのですが」

「それでよい。それでは前金の十両、いただこうか」

銭入れを懐から取り出した扇屋が、十両をつまみだして戸沢丈助の掌《てのひら》にのせた。

掌の上の小判を数え、

「たしかに受け取った」

といい懐から銭入れをとりだした。小判を入れた銭入れを懐にもどす。

「尾形さん、支度ができ次第、出かけよう。門弟たちのいる部屋へ行き、つれていく門弟たちの品定めを手伝ってやる」

立ち上がった戸沢が大刀を腰に差した。


深川大番屋へ急ぎ足でもどってきたお俊は、門番に物見窓越しに声をかけた。開けてもらった潜り口から、なかへ入る。門番に訊くと、錬蔵は用部屋にいる、という。お俊はその足で用部屋へ向かった。

用部屋の前の廊下から、

「お俊です。安次郎さんからの知らせがあります」

と声をかけると、なかから、

「入れ」

と錬蔵が応えた。

戸襖を開けて、お俊が入っていくと、坐るのも待ちかねたように錬蔵が声をかけてきた。

「作造の所在を突き止めたか」

「突き止めました。作造は千住宿に住む女衒の元締め、浅五郎の住まいにいます。ただちに出役してもらいたい。千住宿の江戸口で安次郎さんか、政吉さん、富造さんの三人のうちのひとりが待っています、との安次郎さんからの伝言です。あの」

いいかけて、お俊が口をつぐんだ。

「どうした」

問いかけた錬蔵に顔を上げて、お紋がいった。

「安次郎さんは、わたしに千住宿にもどってこなくていい。佐知ちゃんや俊作ちゃんが寂しがっている。そばにいて世話をしてやってくれ、といってくれました。けど、旦那の指図にしたがうのが本筋だとおもいます。お指図してください」

「安次郎のいうとおりにしよう。前原は、いま佐知や俊作と一緒にいる。長屋へもどって前原に、溝口と小幡に声をかけ、用部屋へ連れてくるようつたえてくれ」

「わかりました」

頭を下げて、お俊が腰を浮かせた。

走りに走った錬蔵たちが千住宿の江戸口についたときには、すでに夜の帳《とばり》が下りていた。満天を埋め尽くさんばかりに散らばる無数の星が煌《きら》めきを競いあっている。土手の草むらに、腕を枕に横たわり、ぼんやりと星空をながめていたい。そんな気になる、斬り合いには不似合いな夜といえた。

〈是より千住宿〉と墨書された杭の道標《みちしるべ》の前に、政吉が立っていた。

駆けつけた錬蔵たちに走り寄って、愕然《がくぜん》とした。

「大滝さまに溝口さん、小幡さんに前原さん。たった四人で斬り込むので」

「そうだ。八木と松倉は見廻りに出ていた。大番屋へもどるまで待っているわけにはいかぬからな。政吉、おまえたちも安次郎もいる。四人で十分だ」

不敵な笑みを錬蔵が浮かべて、ことばを重ねた。

「どこだ、浅五郎の住まいは」

「こっちで。案内しやす」

走り出した政吉に錬蔵たちがつづいた。

突然、悲鳴が上がった。絶叫が響き渡る。

足を止めた政吉に錬蔵が訊いた。

「どうした」

「悲鳴が、浅五郎の住まいから叫び声が聞こえやした」

「しまった」

大刀を抜きながら錬蔵が走り出した。溝口たちが、錬蔵にならった。あわてて政吉が後を追った。

茶店から飛び出してきた安次郎たちがつんのめるようにして立ち止まった。表戸がなかから、袈裟懸けに背中を断ち割られた男ごと倒れて来たからだった。

倒れた表戸がつくった狭間から、血の滴る大刀を右手に下げた強盗頭巾をかぶった、小袖に袴の浪人がみえた。足下に、斬られた男が倒れている。その向こうに多数の強盗頭巾の姿があった。いずれも刀を手にしている。

「斬り込むぞ」

下知する声に安次郎が振り向くと、走り寄る錬蔵たちの姿が見えた。足を止めることなく安次郎の前を素通りし、浅五郎の住まいへ飛び込んでいく。

「深川大番屋の大滝錬蔵である。邪魔だてすると、斬る」

斬りかかってきた強盗頭巾を身を躱しざま錬蔵が斬り捨てた。斬り込んだ溝口、小幡、前原も迎え撃つ強盗頭巾たちと、刃を合わせて斬り結び、ひるむことなく斬り伏せていった。

「退け。狙う相手は始末した。退くのだ」

頭格が声を上げた。強盗頭巾たちが一斉に逃げ去っていく。

「逃がすな。一人残らず引っ捕らえろ。手に余れば斬れ。情けは無用だ」

下知して錬蔵が追おうとしたとき、

「旦那、作造だ。作造が、ここに」

甲高い声で安次郎が呼びかけた。

追っていく溝口、小幡、前原に目線を走らせた錬蔵が声のしたほうを振り向いた。

表戸ごと倒れ込んだ男のそばに安次郎が片膝をついている。その傍らで政吉と富造が、愕然と立ちつくしていた。

駆けもどった錬蔵に安次郎が声をかけた。

「旦那、作造だ。作造が斬られた」

「こ奴が作造だと」

刀を左手に持ち替えた錬蔵が、片膝をついて作造の首の根元に指先をあてた。

わずかの間があった。

顔を上げて、錬蔵が告げた。

「安次郎、医者だ。医者を呼べ。それと駕籠を二挺、手配しろ。作造は生きている。

手当をすれば、命を永らえる」

「旦那、どうかしちまったんじゃねえですか。作造は、とっくに」

いいかけた安次郎のことばを遮《さえぎ》るように錬蔵が声を高めた。

「作造は生きている。手当をすれば助かる。早く医者を呼んでくるのだ」

見据えた錬蔵の眼光に気圧《けお》されて安次郎が息を詰めた。

次の瞬間、何かを察したのか、安次郎の眼が大きく見開かれた。

大声で応えた。

「旦那、たしかに作造は生きている。医者と駕籠を大急ぎで手配しますぜ」

身軽い仕草で安次郎が立ち上がった。


二挺の駕籠が日光街道をすすんでいく。駕籠の前後を溝口と小幡、前の駕籠の左右に錬蔵と安次郎、後ろの駕籠の両脇を前原と政吉、富造の三人が固めている。

走り去る二挺の駕籠と警固する一行を、街道筋の立木の陰から見つめる数人の二本差しがいた。尾形亥十郎と戸沢丈助、門弟たちであった。

「大滝は作造が生きているといっている。ほんとうに斬り殺したのか」

問いかけた尾形に戸沢が、せせら笑いで応じた。

「たしか手応えがあった。人斬りが、おれの稼業だ。仕損じはない」

「しかし、大滝は町医者を呼び、その町医者と作造を駕籠に乗せ、深川大番屋へ向かっている。死人を医者にみせ、医者と死人を駕籠に乗せて運ぶ。そんな馬鹿なことを、やるはずがない。まして大滝錬蔵は切れ者と評判の与力だ」

「それほど、おれの腕を信用できないのなら扇屋からもらった人斬り賃、返してもいいぞ。もっとも浅五郎は仕留めた。後金、五両として、しめて十両の人斬り賃だ。返さねばならぬ五両と相殺ということになる」

「おれが払った金ではない。そのへんのところは扇屋と話し合ってくれ。が、どうにも解せぬ。おぬしのいうとおり、作造の息の根が止まっているとしたら、大滝は何のためにこんなことをやっているのだ。おれには、わからぬ」

「それは、おれの知るところではない。大滝錬蔵の思惑など探ろうともおもわぬ。おれには、剣しかないのだ」

ちらり、と尾形が戸沢に目線を走らせ、近くの木の陰に身を潜めている門弟たちに声をかけた。

「引き上げるぞ」

門弟たちが無言で顎を引いた。

翌朝、深川大番屋の藤右衛門の牢の前に、錬蔵は立っていた。膝を折った安次郎が牢の鍵をはずしている。

扉を開けて、安次郎が藤右衛門に声をかけた。

「藤右衛門親方、牢から出てくだせえ」

扉のそばにきて藤右衛門が訊いた。

「ほんとうに出てもよいのですか。私には、無罪放免とは、とてもおもえませぬが」

眼を向けた、昨日まで手先たちが入れられていた牢には、敷いた筵《むしろ》の上に作造が寝かされている。その顔には、白い布がかけられていた。

目線をもどした藤右衛門に錬蔵が告げた。

「いいのだ。作造はいまわの際に、自分が拐《かどわ》かした娘を藤右衛門に売り渡した。拐かしは自分がやったこと、藤右衛門には一切かかわりがない、とおれに言い残した。それでいいのだ」

「しかし」

「策には策をもって対する。藤右衛門にはすまぬが、藤右衛門の解き放ちは、岡部たちに次なる謀を仕掛けさせるために仕組む罠なのだ。藤右衛門が解き放たれたという噂を流せば、必ず奴らは次の手を打ってくる。悪知恵に長けた策士ゆえ、策を打たずに手をこまねいていることができないのだ」

「わかりました。河水の藤右衛門、牢から解き放していただきましょう。ただし、しばらくの間、身を潜める隠れ家をどこにするか、私の望みをきいていただきます」

「隠れ家とは」

問い返した錬蔵に、

「牢のなかで前原さんのお子さんふたりの、無邪気なはしゃぎ声を聞いていると、何やら、ほのぼのとした気分になりましてな。できるものなら、しばらくの間、お子さんたちを自分の孫だとおもうて、爺さんの気分で触れ合ってみたいものだと願っておりました。独り身のまま年老いた藤右衛門の我が儘《まま》、きいてもらえますかな」

「わかった。藤右衛門の気持ち、前原にもつたわるはず。心ゆくまで佐知と俊作と触れ合うがよい」

「では、これより牢から解き放っていただきます」

深々と藤右衛門が頭を下げた。

話を錬蔵から聞かされた前原とお俊は、藤右衛門の望みをこころよく聞き入れた。

髭を剃り、こざっぱりした小袖に着替えた藤右衛門は前原の長屋へ迎え入れられ、佐知と俊作の遊び相手になっている。いままで聞いたことのない藤右衛門の屈託のない笑い声がしている。

思わず笑みを浮かべた錬蔵は安次郎とともに自分の長屋へ向かった。

長屋の、日頃、錬蔵が使っている座敷に、千住宿の町医者、了庵《りょうあん》がいた。

錬蔵が所在なげに庭を眺めている了庵に声をかけると、座敷に足を踏み入れた錬蔵と向かい合うように了庵は坐り直した。

「すまぬ。もう二、三日つきあってくれ」

「いえいえ、過分の謝礼もいただいております。残してきた弟子も、十年近く修業を積んだ者、いま治療に来ている患者たちの病や怪我の具合なら、弟子で十分に私の代わりが勤まります」

「そういっていただくと少しは気が楽になる。千住宿から名医をひとり、さらっていたような気がしていたのだ」

「名医などと、とんでもない。それより最初は驚きました。すでに事切れている男を診察させて、生きているであろう、と仰有る。あらかじめ、呼びに来られた安次郎さんから大滝さまの真意のほどを聞かされておりましたので、話を合わせることができましたが、いやはや驚きました。これまでも、これからも、このようなことは決して起こりますまい。二、三日といわず十日でも半月でも、長逗留させてくださいませ。閑を楽しむ機会など滅多にありませぬからな」

「ありがたいことだ」

恐縮して頭を下げた錬蔵に、了庵が笑みで応えた。

尾形道場の奥座敷で扇屋と岡部、尾形亥十郎が円座を組んでいる。

「昨夜から大番屋を見張っていた門弟が交代して引き上げてきた。作造とともに大番屋へつれていかれた町医者は、まだ出てこない。おそらく作造に付き添っているのだろう」

話しかけた尾形に扇屋が応じた。

「戸沢さんは、手応えがあった、といっているが、私にはどうにも信用できない。息絶えた者に町医者が付き添う。そんなこと、考えられませんよ」

「お紋だ。お紋を使おう」

それまで空を見据えていた岡部吟二郎が、突然、声を上げた。聞き咎めて扇屋が問うた。

「お紋」

「お紋は深川の売れっ子の芸者だ。このお紋、大滝錬蔵にべた惚れでな、張り込んでいた岡っ引きが聞き込んだところによると大滝も憎からずおもっているらしい。このお紋を拐かし、人質にとって大滝をおびき出し、始末するのだ。大滝さえ始末すれば、深川大番屋の同心たちなど、どうにでもなる。深川大番屋は、大滝錬蔵ひとりでもっているようなものだからな」

「端《はな》からその手を使えば事は簡単にすんだかもしれませぬな。岡部さん、おもいつくのが遅すぎたきらいもありますが、その手でいくしかありませぬ。すぐ仕掛かってください。今夜、決着をつけましょう」

「よかろう。尾形さん、段取りを決めよう」

眦《まなじり》を決して尾形が身を乗り出した。


新大橋のたもとにある局見世で客を引く女たちの声が聞こえてくる。深川鞘番所の前に広がる一角には、天麩羅や鮨、蕎麦などを食べさせる屋台が所狭しと店を出し、両国広小路にも負けぬ賑わいをみせていた。

刻限は五つ（午後八時）を過ぎ、早めに引き上げる男たちの姿もちらほらと見受けられる頃、深川大番屋の表門の物見窓の前に、ひとりの浪人が立ち止まった。

物見窓ごしに浪人が門番に声をかける。物見窓を細めに開けた門番に浪人が懐から取り出した簪《かんざし》を差しだした。

「深川大番屋支配、大滝錬蔵殿にお取り次ぎ願いたい。この簪を大滝殿に見せれば、必ず会ってくださる。まずは、これをお渡し申す」

物見窓の隙間から簪を受け取った門番が、

「暫時お待ちください」

と応えて物見窓を閉めた。

ほどなくして簪を手にした錬蔵が潜り口から出てきた。

「この簪の主を、どうなされた」

「身柄を預かっております。拙者と同道されれば元気な姿を見ることができましょう」

「行かぬといったら」

「簪の主は今夜のうちに辻斬りに殺され、大川に浮かぶことになるでしょうな」

冷ややかな笑みを浪人が浮かべた。

「ならば行かねばなるまい」

「案内いたす」

浪人が歩きだした。懐から取り出した懐紙に簪を挟みこみ、再び懐にもどした錬蔵が浪人につづくべく足を踏み出した。

門番所のなか、物見窓のそばで聞き耳をたてている男がいた。安次郎だった。

取り次ぎに来た門番と錬蔵のやりとりにただならぬものを感じた安次郎は、長屋の裏口からひそかに抜けだし、先回りして門番所に身をひそめていたのだ。

門番を振り向いて安次郎がいった。

「おれは、御支配の後をつける。手分けして前原さん、溝口さん、小幡さんのところに走って、おれの後をつけるよういってくれ。前原さんには、悪いが長屋から、おれの長脇差をもってきてくれるよう、つたえてくれ。長脇差を置いてある場所は前原さんが知っている」

「松倉さんや八木さんにもつたえますか」

「そうしてくれ。刃物三昧の修羅場になるとも、な。出かけるぜ」

ふたりの門番と一緒に安次郎は門番所から出た。

潜り口を抜けて、錬蔵たちの後を追った。

浪人は後ろを振り向こうともしなかった。必ず錬蔵はついてくる、と信じて疑わない歩き方だった。

大川を左にみて河岸道をすすんだ浪人は大川橋を渡って右へ折れた。今度は、大川から隅田川と呼び名を変えた川筋を右にみて、河岸道を山谷堀へ向かって今戸橋を渡った。そのまま河岸道をすすんでいく。

つけてくる者の気配を錬蔵は感じとっていた。

おそらく安次郎だろう。錬蔵は、やってきた門番とことばをかわしている最中に、安次郎が足音を忍ばせて裏口から出て行ったのに気づいていた。安次郎のことだ、前原や溝口たちにも声をかけ、それぞれ間をあけて尾行してくるよう言い置いて、出かけてきたに違いない、と推断していた。八木や松倉に声をかけたかどうか。相手は、おそらく尾形道場の生き残りだろう。八木や松倉の剣の腕前では、斬り合いになったら、足手まといになるだけかもしれぬ。そうおもいながら錬蔵は歩きつづけた。

浪人は安次郎の尾行には、気づいていないようだった。

無理もない。安次郎の気配を消すために錬蔵は浪人に向かって殺気を浴びせかけていた。その殺気が強まったときには、斬りかかってくるかもしれぬ、とたえず浪人に警戒心をもたせるための手立てであった。

発してくる錬蔵の殺気の強弱を探るのに精一杯で、浪人には安次郎の気配を感じとる余裕などないだろう。

銭座《ぜにざ》を過ぎ、橋場《はしば》町へ出た浪人は、橋場の渡しの手前の辻を左へ折れた。

浅茅《あさじ》ヶ原《はら》に出るつもりだ。あのあたりには荒れ寺があった。斬り合うには、もってこいの場所かもしれぬ。戸沢丈助と戦う前に、お紋を何としても助けたい。お紋、どうやら、おれはおまえに心底惚れているようだ。笑いかけるお紋の顔が、錬蔵の脳裏に浮かんだ。万が一、お紋が斬られ、おれが斬られることになったら、お紋、そのときはあの世で添い遂げよう。胸中で、錬蔵はお紋にそう呼びかけていた。

浅茅ヶ原は間近に迫っている。

小さな寺だった。荒れ寺の朽《く》ちかけた門をくぐると、まっすぐにのびた道の向こうに崩れかけた小振りな本堂がみえた。浪人は本堂の前を左へ折れた。

境内には、手入れされぬまま伸びるにまかせた雑木が生い茂っている。

その奥に、屋根が崩れかけた庵《いおり》が残されていた。

庵の前に、後ろ手に縛られたお紋の胸ぐらをとって、首に刀を突きつけた尾形が立っていた。その傍らに刀の柄に手を置いた戸沢丈助がいた。

雑木の陰から門弟たちが姿を現した。十数人はいるだろう。門弟たちが一斉に刀を抜き連れた。錬蔵も大刀を引き抜く。

右八双に構えた錬蔵に尾形が声をかけた。

「大滝錬蔵、そこまでだ。刀を捨てろ。捨てないと女を殺す」

その声を遮るようにお紋が声を上げた。

「刀を捨てないでおくれ。捨てたら殺される。あたしゃ、殺されてもいい。おまえさんのためなら、いつ死んでもいいんだ」

大きく目を見開いて、必死に叫ぶお紋を錬蔵はじっと見つめた。

「お紋」

口のなかでつぶやいた錬蔵の顔には、かすかに笑みさえ浮かんでいた。

「旦那、おまえさんて人は」

声を殺して、お紋もまた、つぶやいていた。じっとみつめあう。

ふたりの視線がからみあったとき、

「早く刀を捨てろ」

荒らげた尾形の声がかかった。

ふっ、と微笑んだ錬蔵が、

「これで、いいか」

と声をかけ、八双の構えを解いて、右手で刀を下げた。

そのとき……。

「刀を捨てないでおくれ。あたしゃ、あたしゃ、おまえさんのために死ぬのは、本望だよ」

叫んだお紋が尾形に躰をぶつけようとした。お紋の首に突きつけられた大刀の切っ先が突き立ったとみえたその瞬間、尾形の背後で鈍色の閃光が走った。閃光は尾形の右肩に吸い込まれ、右の腋下から、再び現れて、迸《ほとばし》った。

閃光が右上に跳ね上がるのと尾形の大刀を握った腕が肩口から地面に落ちるのと、ほとんど同時だった。

切り落とされた右腕から血を撒き散らしながら尾形が叫んだ。

「戸沢、なぜだ」

皮肉な笑みを浮かべた戸沢が、

「やり口が汚すぎるぜ。我慢が尽きたのよ」

いいながらお紋を縛った縄に刃を押し当てた。

縛った縄が断ち切られ、お紋の足下に落ちる。

「おのれ、裏切り者、このままでは、すまさぬ」

左手で脇差を抜こうとした尾形に、

「いままで銭儲けさせてもらったお礼がわりだ。楽にあの世に行かせてやるぜ」

上段から脳天に戸沢が大刀を叩きつけた。頭蓋を割られ、呻いた尾形がその場に転倒した。

背にお紋をかばって戸沢が吠えた。

「大滝、この女は、おれが守ってやる。指一本、触れさせせぬ。おもう存分、暴れろ」

うむ、とうなずいた錬蔵が門弟たちに斬りかかった。ひとり、ふたりと斬り倒して行く。

「旦那」

「御支配」

「一網打尽にいたしてくれる」

「逃がさぬ」

口々に声を上げながら安次郎が、前原が、溝口が、小幡が斬り込んでくる。

入り乱れての乱闘となった。

鍔迫り合いして、離れ際に門弟を斬り捨てた安次郎が錬蔵に駆け寄った。

「八木と松倉はどうした」

声をかけた錬蔵に、

「溝口さんの指図で表門を固めてまさあ。逃げ出す奴は深追いするな、ということになってます」

「それでよい」

ことばを交わした錬蔵と安次郎が、再び離れて門弟たちに斬りかかっていく。

前原が逆袈裟に、上段から斬りかかってきた相手を斬り倒した。溝口が力余って、突きを入れた門弟のひとりを木の幹に釘付けにした。あわてて釘付けにした門弟の手から大刀を奪い取り、新たな敵に向かっていく。小幡は、手こずっていた。二度、三度と刃をぶつけ合い、相手から蹴《け》られたのか横倒しになりながら刀を振って、門弟のひとりを倒した。

逃げ出した門弟も何人かいた。

誰も追っていかなかった。

境内に、尾形や門弟たちの骸が散乱している。

いきなり戸沢がお紋の手を摑んだ。引きずるようにして錬蔵に歩み寄った。

「約束どおり、女は、守った」

力まかせに戸沢がお紋を錬蔵に向かって突き飛ばした。転びそうになるお紋を錬蔵がしかと抱き留めた。一瞬ではあったが、お紋と錬蔵の目線がからみあった。縋りつくようなお紋の目から眼を背けるようにして、錬蔵がお紋を後ろに押しやった。そのお紋の両肩を、安次郎が押さえた。

「お紋、動いちゃいけねえ。これから先は剣客の定め、反故にはできねえ約束事だ」

顔を向けてお紋が鸚鵡《おうむ》返しした。

「剣客の定め、約束事」

間合いを計って歩み寄りながら、錬蔵が告げた。

「お紋の命、安次郎の命、おぬしにはふたりの命を助けてもらった。が、そのことを恩に着る気はない。かねての約定どおり、いま、この場で、おぬしとの勝負をつける。これは剣客としての勝負だ。みんな、手出しは無用ぞ」

斬りかかろうとわずかに動いた小幡の胸を溝口が腕で押さえた。見やった小幡に、溝口が首を左右に振ってみせる。口を真一文字に結んで小幡が動きを止めた。前原は凝然と錬蔵を見つめている。

青眼に、錬蔵が刀を構えた。

上段に戸沢が大刀を振りかざす。

睨み合った。

吹き抜けた一陣の風が、ふたりの足下から、数枚の木の葉を舞い上げた。

それがきっかけだった。

突きを入れた錬蔵に向かって、戸沢が大刀を振り下ろした。

鋼《はがね》のぶつかり合う鈍い音がして、火花が飛び散った。

なかほどから折られた大刀の先端が、地に叩きつけられる。

再び大刀を振り上げようとした戸沢に、突きを入れた勢いそのままに、錬蔵が体当たりしていた。

折れた大刀で錬蔵は戸沢の脇腹を抉っていた。

振り上げた戸沢の腋の下に、錬蔵の肩があった。錬蔵を上から抱え込んだような形のまま戸沢が呻いた。

「見事だ、大滝錬蔵。おれは、技で負けたのではない。貴様の気魄が勝《まさ》ったのだ」

次の瞬間、戸沢の眼が大きく見開かれた。満身に力を籠め、戸沢が躰を捻るようにして回り込んだ。

おもいもかけぬ、迅速な戸沢の動きだった。

近くの木の陰から黒い影が飛び出してきた。黒い影の手には抜き身の大刀が握られている。黒い影が錬蔵たちに斬りかかった。

黒い影の顔がおぼろに浮かんだ。岡部吟二郎のものだった。

袈裟懸けに振り下ろした岡部の大刀は、戸沢の背中を斬り裂いていた。

「おのれ、卑怯者め」

もぎとった戸沢の大刀で、錬蔵は斬りかかる岡部と一太刀も刃を合わせることなく、右下段から逆袈裟に振り上げ、振り上げた刀をさらに袈裟懸けに振り下ろして、斜め十文字《じゅうもんじ》に胴体を斬り裂いていた。岡部が、その場に転倒する。

死力を振り絞って仁王立ちしていた戸沢丈助が、喘ぐように問うた。

「見たことのない太刀捌き、秘剣とみた、名を、名を、知りたい」

じっと戸沢を見つめて錬蔵が告げた。

「鉄心夢想流につたわる秘剣、その名は、霞《かすみ》十文字」

「霞、十文字」

かすかな笑みを戸沢が浮かべた。そのまま、前のめりに顔から倒れ込んだ。

傍らに立った錬蔵が戸沢の骸を身じろぎもせずに見据えている。

雲ひとつない青空に鳩の群れが舞い上がっていく。

その鳩を追うように、子供たちのはしゃぎ声と笑い声が響き渡った。

富岡八幡宮の境内で佐知や俊作とお俊が追いかけっこして遊んでいる。照れたような笑みを浮かべて、前原も遊びの輪にくわわっていた。

茶店の、緋毛氈《ひもうせん》をかけた縁台に腰をかけていた藤右衛門が湯飲みを置いて肩をならべた安次郎に声をかけた。

「そういえば、昨日、扇屋の骸が大川に浮いたそうだよ。肩から背中にかけて刀傷があったんで、辻斬りにやられて、大川に投げ込まれたんだろうということで事は落着したそうだ」

「誰にやられたんですかね」

「さあね。金をもらって人殺しする連中は、あちこちにいるからねえ」

「たしかに」

「どれ、お参りでもするか」

「これ以上、そばにいると、そのうち邪険な扱いをされそうで。ここあたりが潮時でさ」

ことばを交わし合った藤右衛門と安次郎が立ち上がって、ちらりと、見やった。

隣りあう、やはり緋毛氈がかけられた縁台には、錬蔵とお紋が肩をならべて坐っている。

空を見上げていた錬蔵が、お紋に顔を向けることなく声をかけた。

「このまま時が流れてくれればいいが。不器用なおれのこと、いつ御奉行の不興をこうむり、御役御免になるかもしれぬ」

「そのときは、あたしが旦那を養ってあげるよ。しわくちゃの婆さんになっても三味線ぐらい弾かせてもらえるさ」

顔を向けて、錬蔵が応じた。

「そうもゆくまい。おれにも、おれなりの矜恃が、矜恃を貫く生き方があるのだ」

「旦那は、おもうがままに生きればいいのさ。そのかわり」

「そのかわり」

鸚鵡返しをした錬蔵に、小首を傾げてお紋が訊いた。

「そのかわり、あたしがしわくちゃの婆さんになっても、そばにいさせてくれるかい」

「その頃は、おれも、しわだらけの爺さんだ。見捨てないでくれよ」

見やった錬蔵に、お紋が肩を寄せた。

「旦那」

「なんだ」

「嬉しいよ」

のばした手を、お紋が錬蔵の手に重ね合わせた。握りしめる。

照れたのか、うつむき加減となった錬蔵が、ちらり、とお紋に目線を走らせた。お紋の手をふりほどこうとはしなかった。

手を握り合ったまま、錬蔵とお紋は空を見上げた。

八幡宮を覆う青空は、限りなく澄み渡っている。

情八幡

一〇〇字書評

切・り・取・り・線

購買動機（新聞、雑誌名を記入するか、あるいは○をつけてください）

□（　　　　　　　　　　　　　　　）の広告を見て
□（　　　　　　　　　　　　　　　）の書評を見て
□ 知人のすすめで　　　　　　　　□ タイトルに惹かれて
□ カバーが良かったから　　　　　□ 内容が面白そうだから
□ 好きな作家だから　　　　　　　□ 好きな分野の本だから

・最近、最も感銘を受けた作品名をお書き下さい

・あなたのお好きな作家名をお書き下さい

・その他、ご要望がありましたらお書き下さい

住所	〒				
氏名		職業		年齢	
Eメール	※携帯には配信できません		新刊情報等のメール配信を 希望する・しない		

この本の感想を、編集部までお寄せいただけたらありがたく存じます。今後の企画の参考にさせていただきます。Eメールでも結構です。

いただいた「一〇〇字書評」は、新聞・雑誌等に紹介させていただくことがあります。その場合はお礼として特製図書カードを差し上げます。

前ページの原稿用紙に書評をお書きの上、切り取り、左記までお送り下さい。宛先の住所は不要です。

なお、ご記入いただいたお名前、ご住所等は、書評紹介の事前了解、謝礼のお届けのためだけに利用し、そのほかの目的のために利用することはありません。

〒一〇一-八七〇一
祥伝社文庫編集長　坂口芳和
電話　〇三（三二六五）二〇八〇

祥伝社ホームページの「ブックレビュー」からも、書き込めます。
http://www.shodensha.co.jp/bookreview/

祥伝社文庫

情八幡《なさけはちまん》　深川鞘番所《ふかがわさやばんしょ》

平成24年7月30日　初版第1刷発行

著　者　吉田雄亮《よしだゆうすけ》

発行者　竹内和芳

発行所　祥伝社《しょうでんしゃ》

東京都千代田区神田神保町3-3
〒101-8701
電話　03（3265）2081（販売部）
電話　03（3265）2080（編集部）
電話　03（3265）3622（業務部）
http://www.shodensha.co.jp/

印刷所　堀内印刷
製本所　ナショナル製本
カバーフォーマットデザイン　中原達治

Printed in Japan ©2012, Yūsuke Yoshida　ISBN978-4-396-33781-0 C0193